Zoé, Zut
et Zazou

collection **Pour lire**

sous la direction de
Yvon Brochu

R-D création enr.

Zoé, Zut et Zazou

Marie Cliche

Illustrations
Anne Villeneuve

EH Héritage jeunesse

Données de catalogage avant publication (Canada)

Cliche, Marie, 1952-

Zoé, Zut et Zazou

(Pour lire)
Pour les jeunes.

ISBN : 2-7625-7032-8

I. Titre. II. Collection.

PS8555.L52Z63 1994   jC843'.54   C94-940941-3
PS9555.L52Z63 1994
PZ23.C54Z63 1994

Conception graphique de la couverture : Flexidée
Illustrations couverture et intérieures : Anne Villeneuve

© Les éditions Héritage inc. 1994
Tous droits réservés

Dépôts légaux : 3e trimestre 1994
Bibliothèque nationale du Québec
Bibliothèque nationale du Canada

ISBN : 2-7625-7032-8   Imprimé au Canada

LES ÉDITIONS HÉRITAGE INC.
300, Arran, Saint-Lambert (Québec) J4R 1K5
(514) 875-0327

CHAPITRE 1

Une petite dragonne frustrée

— EURK! Ça sent le tofu.

Zoé lève le nez de son livre, une affreuse grimace sur le visage. Après un gros effort pour oublier la puanteur, elle retourne à sa lecture, enfouie sous l'incroyable bric-à-brac qui envahit sa chambre. Seuls quelques cheveux fous émergent au milieu de ce véritable marché aux puces. Heureusement que Zoé lit à voix haute, car on jurerait qu'il n'y a personne dans la pièce.

— ... parce que le dragon est un animal très important en Chine. Il fait partie de l'as-tro-lo-gie chinoise...

SNIF SNIF!

— EURK! Ça sent le tofu MARINÉ.

Re-grimace.

— ... Le dragon est le seul animal m... mm... mythique de tout l'horoscope chinois.

SNIF SNIF SNIF!

— EURK! Ça sent le tofu mariné au TAMARIS.

Écœurée, Zoé doit se pincer le nez pour poursuivre son histoire de bête mythique qui la fascine au plus haut point. En effet, elle vient de découvrir que, selon l'horoscope chinois, elle est un dragon.

— ... Outre sa puissance et sa vo-lu-bi-li-té, le dragon est le gardien d'un trésor.

Ces derniers mots ont sur Zoé l'effet d'une bombe.

— Un trésor? Je suis la gardienne d'un trésor?

Tout excitée, Zoé n'arrive plus à se concentrer sur sa lecture. Les idées bouillonnent dans sa tête.

— Si je suis un dragon comme disent les Chinois, je suis aussi la gardienne d'un trésor. Et si je suis la gardienne d'un trésor, c'est qu'il y a un TRÉSOR!

Ne tenant plus en place, Zoé bondit hors de son indescriptible fourbi. Dans sa précipitation, elle accroche un manche de pelle qui glisse sur une roue de bicyclette qui roule jusqu'à une statue de Bouddha qui tombe sur un tournevis qui vole en l'air en tournoyant avant d'aller se planter dans le bocal de Zut posé sur une enclume.

Zut, c'est le poisson rouge de Christine, l'amie de Zoé. Avant de partir en vacances, cette dernière lui a confié son précieux animal. Elle y tient par-dessus tout : c'est Hugo, son nouvel amoureux, qui le lui a donné.

— Fiou! J'ai eu peur! Mon pauvre Zut, t'as failli te faire empaler. Qu'est-ce que tu dirais de finir en brochette, hein? Entre un morceau d'oignon et un champignon? Aimerais-tu mieux te retrouver dans une «lecette» de madame Ping? Ne crains rien, c'est une farce. N'empêche que je suis bien contente que tu aies encore toutes tes écailles.

Sur ce, Zoé s'élance hors de sa chambre.

Dehors, il pleut à boire debout. Igor, le petit frère de Zoé, s'affaire sur le toit de la galerie arrière de l'appartement; ils habitent le troisième et dernier étage d'un immeuble. Igor nourrit, en cachette de sa mère, les oiseaux qui picorent sur le garde-fou. Il jette parfois un coup d'œil par la fenêtre de la cuisine pour vérifier si elle s'est aperçue de son manège.

C'est alors que Zoé arrive en trombe dans la cuisine.

— EURK! Ça sent la soupe aux algues. EURK! RE-EURK! EURK!

— ZOÉ! S'il te plaît! T'exagères un peu trop, là.

— De la soupe aux algues, c'est juste bon pour les poissons. Tiens, c'est une bonne idée, ça. Je devrais en verser un peu dans le bocal de Zut.

— ZOÉ!

— Ben, tu devrais être contente. Ça t'en ferait un qui aime ça.

Et tandis que Zoé discute avec sa mère, Igor en profite pour émietter un autre biscuit au chocolat sur la rampe du garde-fou. Il chuchote aux oiseaux qu'ils doivent manger en vitesse car sa mère risque de le découvrir à tout moment.

Pendant ce temps, à l'intérieur, Zoé continue d'argumenter.

— Félix, LUI, est chanceux. Sa mère est pas granola, ELLE!

— Les graines, c'est bon pour la santé, Zoé. Prends ton frère Igor, il aime ça, lui.

— Normal! Il se prend pour un oiseau.

— Si je t'écoutais, ma pauvre cocotte, tu mangerais des frites à chaque repas.

— Ah! ouiiii! Des frites... avec des masses de sel, pis un baril de ketchup. MMMMMMMMMMMMMMIAM MIAM!

Sa mère lève les yeux au ciel, mi-découragée, mi-amusée. Elle sait que sa fille ferait des bassesses pour quelques pommes de terre. Un jour, Zoé avait accepté de jeter à la poubelle une partie de son précieux bric-à-brac contre un panier de frites. Mais son marché n'avait pas duré très longtemps. Deux heures plus tard, elle rapportait tout son attirail dans sa chambre.

— C'est pas le jour des ordures, avait-elle prétexté.

Son précieux livre chinois en main, et débordante d'enthousiasme, Zoé raconte à sa mère ses dernières découvertes.

— J'ai choisi ce livre à cause des signes sur la couverture. Regarde, c'est écrit en chinois. C'est beau les mots chinois, hein?

— Mmm.

— Sont chanceux les Chinois. Au lieu d'écrire des lettres, ils font des dessins. Comme ça, ils font jamais de fautes d'orthographe, hein maman?

— Mmm... IGOR? Viens, c'est le temps de rentrer.

— Sont chanceux aussi les Chinois, parce qu'ils mangent toujours des mets chinois. Maman? Pourquoi tu demandes pas à madame Ping de te donner les «lecettes de son lestaulant»?

— Mmm.

— Sa lecette de egg lolls aux plunes... pis sa lecette de biscuits penseurs? Tu sais, les biscuits avec des petits papiers dedans?

— Mmm.

— Tu sais ce qu'ils disent, les Chinois? Ils disent que quand on vient au monde, on est un animal. Il y en a douze. Attends, je vais te les nommer... Y a le rat. Ouach! un rat, c'est dégueulasse! Pis y a le bœuf, le tigre, le chat, le serpent, pis le cheval, la chèvre, le singe, le coq, le chien et le cochon. Il en manque juste un. Sais-tu lequel?

— Mmm... Hein? Eeee... IGOR!

— Mais non! Pas Igor! Le dragon. C'est super, hein? Pis sais-tu ce que j'étais quand je suis née? Une dragonne! Une p'tite, p'tite dragonne. Étais-tu contente, maman, d'avoir une p'tite dragonne? Pis c'est pas tout. Attends, je vais te lire... eee... «Outre sa puissance et sa vo-lu-bi-li-té...» Qu'est-ce que ça veut dire volubilité, maman?

— Mmm... **IGOR**!

Dehors, Igor rentre la tête entre les épaules. Cette fois, l'appel de sa mère ne lui laisse aucun choix. Il doit obéir. Avant de quitter ses chers oiseaux, il enfourne deux biscuits dans la bouche puis fourre les autres dans le fond de sa poche.

— Je vais revenir tantôt, oiseaux. Aimez-vous mieux des biscuits au beurre de pinotte ou au chocolat? ... Au chocolat? Moi aussi. Partez pas, là. Je reviens.

Plongée jusqu'aux oreilles dans son histoire de dragon, Zoé ne se rend même pas compte de l'arrivée de son petit frère dans la cuisine et poursuit son monologue. Ayant tout juste terminé la préparation de son plat, sa mère règle la température du four, puis installe le petit Igor sur le comptoir. Elle lui passe un grand tablier autour du cou et commence à lui couper les cheveux. Pendant tout ce temps, Zoé continue de raconter ses histoires d'animaux chinois. Seul Igor l'écoute attentivement.

— ... le coq, la chèvre, le chien et le cochon. Tous différents mais pareils aussi. Et c'est pas tout. En plus d'être une dragonne, tu devineras jamais ce que j'ai découvert, maman.

— Mmm.

— Pis moi? lance soudain Igor tout angoissé, les yeux rivés sur ses chers oiseaux qu'il voit à travers la fenêtre. Je suis né quel animal? Est-ce que je suis un cochon?

Zoé croule de rire. Pendant un moment elle se moque de lui. Mais devant la mine tourmentée de son petit frère, elle replonge dans son livre à la recherche de son animal de naissance.

Pour Igor, l'heure est grave. Retenant son souffle, il attend le verdict qui prend une éternité à venir. Zoé déclare enfin :

— Un chat !

— Un CHAT ! crie-t-il en se redressant brusquement.

— Aïe ! fait sa mère.

Celle-ci lui a presque rasé une grosse mèche de cheveux. Agacée, elle l'exhorte à rester tranquille. Sinon, il va se retrouver sans toupet. Docile, Igor se rassoit. Il est au bord des larmes.

— Je ne VEUX pas être un chat, clame-t-il.

— Mais pourquoi ? lui demande Zoé, étonnée.

Incapable de tenir plus longtemps, Igor éclate en sanglots.

— Houououou... parce que... hhan hhan... parce que... hhan hhan... les

chats... hhan hhan... sont méchants...
Houannnnn hhan hhan... Ils mangent les
oiseaux... hououououou...

La mère, trop absorbée par sa coupe
de cheveux, ne comprend pas pourquoi
Igor pleure. Elle interroge Zoé du regard.
Mais Zoé se défend. Pour une fois, ce n'est
pas elle la cause des larmes de son petit
frère. Même que le gros chagrin d'Igor la
rend toute triste. Et le pire, c'est qu'elle
ne peut rien pour lui.

— C'est plate, mais tu ne peux pas
changer d'animal, déclare-t-elle. C'est les
Chinois qui le disent.

Catastrophé, Igor pleure de plus belle.
Devant tant de larmes, Zoé ne voit pas
d'autre solution que d'essayer de lui
changer les idées.

— Maman, veux-tu savoir c'est quoi
ton animal?

— Mmm...

— T'es pas mal vieille. Mais je pense
que je vais trouver la réponse quand
même. Ce livre-là, c'est un vrai de vrai

livre chinois. C'est monsieur Li qui me l'a donné.

— Mmm.

— Un cheval. T'es un cheval, maman. Toi, au moins, es-tu contente?

— Mmm.

Zoé jette un coup d'œil à Igor. Mais elle se rend compte que son manège n'a pas vraiment réussi à le distraire. Il a l'air aussi malheureux qu'avant. Que faire?

Soudain, Zoé a une idée. Une idée comme seule Zoé Thériault Petrov en a.

— J'ai quelque chose dans ma chambre pour toi, Igor. Quelque chose qui rend les chats super doux, super gentils avec les oiseaux.

Piqué au vif dans sa curiosité, Igor fixe sa sœur avec des yeux brûlants d'impatience d'en savoir plus long.

— C'est un talisman, lui révèle Zoé.

— Un ta-quoi?

— Lisman. Un ta-lis-man. Si tu le gardes sur toi tout le temps, tu deviens un chat très spécial, un chat qui adore les oiseaux. Ça marche, tu sais. Vrai de vrai! Hein, maman?

— Mmm.

— J'vais te le donner tantôt, après ta coupe de cheveux. Mais c'est pas tout. Vous devinerez jamais ce que j'ai découvert dans mon livre? Les Chinois disent que le dragon est un animal myr...rythique... Qu'est-ce que ça veut dire rythique, maman?

— Mmm.

— MAMANNNNN!

— Eeee... hein? Quoi?

— Tu m'écoutais pas, encore! Tu m'écoutes jamais quand je te parle!

Fâchée, Zoé ouvre la porte du four et tire la langue au plat de tofu-aux-algues-mariné-au-tamaris qui mijote.

— Ça, c'est faux, Zoé. Je t'écoute beaucoup et tu le sais très bien.

— Tu m'écoutes mais jamais jusqu'au bout. J'ai jamais le temps de finir tout ce que j'ai à dire. T'as toujours autre chose à faire.

— C'est vrai que je suis occupée. Mais le problème, ma pauvre Zoé, c'est que tu parles tout le temps. Tu vois, là, tu n'as pas arrêté de parler depuis tantôt.

— Pis?

— Pis?... Pis, bien, c'est que j'ai pas juste ça à faire, moi, t'écouter. C'est samedi, aujourd'hui. Tu le sais, le samedi j'ai toujours un tas de choses à faire pour préparer la semaine qui s'en vient : les lunchs, le ménage, l'épicerie, couper les cheveux à Igor et tout le reste. J'ai même été obligée de rapporter du travail du bureau. Comprends-moi, Zoé.

— Mais j'ai encore plein de choses à raconter, moi. À qui je vais les dire mes affaires? Hein?

— À moi, c't'affaire! répond Igor.

— Ah! toi, tu comprends rien! T'es trop petit. Ben, tant pis pour vous autres! Je vais le trouver toute seule, mon trésor.

Frustrée encore une fois, Zoé tourne les talons et quitte la cuisine. Sa mère tente de la retenir mais sans succès. Igor, qui veut avoir son talisman, s'élance à la suite de Zoé. Mais une main maternelle s'abat sur son épaule et le ramène là où il était.

De retour sur le comptoir de cuisine, Igor pense à Zoé.

— Zoé va encore se parler toute seule, dit-il à sa mère.

— Que j'aime donc pas ça, que j'aime donc pas ça! répond-elle. Je ne sais plus quoi faire. C'est pas normal de se parler toute seule comme ça. Si elle continue de se faire la conversation, je vais être obligée de l'envoyer voir un psychologue.

— L'autre jour, raconte Igor, quand on est allés chez papa, il a dit que Zoé était comme lui : une artisse.

— Il a dit ça, papa? Cher Dimitri! Ton père, c'est peut-être un bon musicien, mais des fois, faudrait qu'il descende d'une octave.

— Papa, c'est un animal chinois ou un russe?

CHAPITRE 2

Zoé voit double

De nouveau enfouie sous sa montagne d'objets hétéroclites, le derrière bien enfoncé dans un vieux pneu jaune fluo, Zoé rumine sa mauvaise humeur à haute voix :

— ... Personne veut m'écouter. Avec ça, je suis toujours toute seule. C'est pas ma faute si j'ai plein de choses à raconter. Pis les grands écoutent pas les enfants. Ils font juste semblant. Tout ce qui les intéresse, c'est leurs affaires d'adultes. Pis nous autres, les enfants, faudrait toujours qu'on fasse comme ils veulent. Pas trop parler. Dormir tôt. Manger comme il faut.

Travailler fort. Aller jouer ailleurs. Pas se chicaner, et blablabla et blablabla...

Finalement, après avoir disputé contre le monde entier, Zoé se calme. Mais elle jure que lorsqu'elle aura trouvé son fameux trésor dont personne ne veut entendre parler, elle le gardera pour elle toute seule et sera la seule à en profiter.

— Tant pis pour les autres !

D'ailleurs, toute cette affaire de trésor l'intrigue beaucoup. Songeuse, elle fouille du regard sa chambre capharnaüm. Après avoir réfléchi un moment, elle se dit qu'il doit être question d'un trésor bien spécial. Certainement pas d'un coffre de pirate rempli de pièces d'or, ou de bijoux cachés dans la tête d'un pantin, ou d'un parchemin ancien conduisant à une mine de diamants. Ça n'existe plus ces trésors-là, aujourd'hui. Mais alors ? De quelle sorte de trésor peut-elle bien être la gardienne ?

Fatiguée d'être assise, Zoé quitte son fauteuil de caoutchouc fluo. Elle enjambe un parasol, une pile de bouquins, une vieille motocyclette amputée de ses roues, une antique tête de scaphandre et, enfin, l'aspirateur qui traîne là depuis un siècle. Elle a horreur de faire le ménage de sa chambre.

Zoé s'étire un moment puis s'approche de l'enclume où repose le bocal de Zut.

— ZUT! s'écrie-t-elle.

Catastrophe! Zut est malade. Il pique du nez. Ça y est! Il va se noyer. Affolée, Zoé se précipite sur la boîte de nourriture pour poisson et saupoudre généreusement la surface de l'eau.

«Peut-être qu'il a encore faim!» dit-elle à voix haute.

Le front contre le bocal, elle observe attentivement la réaction de Zut. D'habitude, dès qu'il aperçoit les petites graines, il se précipite dessus en frétillant de la queue. Mais Zut ne réagit pas. Immobile, toutes ouïes battantes, il reste suspendu entre deux eaux. Trop faible pour remonter à la surface, il se contente de titiller du bout du museau les quelques graines qui coulent autour de sa tête.

— Malheur! Catastrophe au carré! S'il fallait que tu meures, Zut, Christine voudrait plus me parler pour le restant de ses jours.

En effet, Christine a passé toute l'année scolaire à essayer de conquérir Hugo. Celui-ci faisait semblant de ne pas s'intéresser à elle par crainte de faire rire de lui. C'est seulement le matin de la dernière journée d'école qu'il a enfin consenti à devenir son petit ami. Christine, c'est sa première blonde. C'est pourquoi il est si gêné de se montrer avec elle. Aussi, lorsqu'à sa fête il lui a offert Zut devant tout le monde, ce fut pour lui un grand exploit. Et Christine en fut très touchée. Évidemment, elle tient à son poisson rouge presque autant qu'à Hugo.

Malheureusement, Zut ne va pas mieux et Zoé est au désespoir. Plus elle regarde la mine triste du petit poisson, plus elle s'énerve. Il n'y a pas que Christine qu'elle risque de perdre dans cette histoire. Peut-être Félix, aussi. Qui sait avec Hugo? Il ne comprend rien à rien.

— Il pense que je suis amoureuse de lui et jalouse de Christine. Mais c'est pas vrai. Moi, c'est Félix que j'aime. Lui, il ne m'aime pas encore, mais ça va venir. Je le sais... Catastrophe au cube! Tout à coup qu'Hugo raconte à Félix des histoires horribles, juste pour se venger? Imagine qu'il dise à Félix que j'ai embroché Zut parce que j'étais jalouse de Christine. Ou que je l'ai pêché avec la canne à pêche de Barbie juste pour m'amuser, ou pire, que j'ai versé de la soupe aux algues de maman dans son bocal pour la tester...

Zoé est dans tous ses états. Et Zut qui ne va pas mieux. Que faire? Changer l'eau de son bocal peut-être? Mais elle l'a déjà changée, ce matin.

Soudain, Zoé s'élance hors de la chambre. Une fois dans la cuisine, elle ouvre l'armoire à épicerie et se met à fouiller sous les regards étonnés d'Igor et de sa mère.

— Qu'est-ce que tu cherches donc, ma cocotte?

— Des algues! Mais où est-ce que tu les as mises?

— Des algues? Toi? Tu veux des algues? Es-tu malade?

— Non. Pas moi, Zut.

Zoé vide les tablettes de leur contenu en faisant voler les boîtes dans toutes les directions. Mais sa mère met vite le holà à cette opération de saccage. Pas question de laisser sa fille foutre également la pagaille dans la cuisine. Elle se trouve déjà bien assez bonne de tolérer l'immonde désordre de sa chambre. Et son ménage qui n'est pas encore fait!

— Remets tout en place, Zoé! Tout de suite, à part ça!

— Mais, maman, j'ai...

— J'ai dit: tout de suite! Sinon, je te connais, tu vas tout laisser traîner. Comme ton vieux tonneau de bière qui pourrit dans la cour depuis deux semaines. Ça sent le fond de tonne jusqu'ici. De quoi soûler un fer à repasser. Veux-tu bien me dire quand est-ce que tu vas me débarrasser de cette horreur-là?

— Ben... eee, demain. Aujourd'hui, il pleut trop.

— Bon!... D'accord! Pour ce qui est de tes algues, il n'en reste plus. J'ai utilisé le dernier sac pour le pâté qui est au four. Et pas question de donner du pâté à Zut.

Je le garde pour les lunchs de la semaine prochaine.

— T'es sûre qui t'en reste pas un peu? Juste un tout p'tit bout?

— Tu sais, Zoé, je ne pense pas que ces algues-là puissent vraiment guérir Zut.

— Ça marcherait peut-être? Les algues, ça goûte aussi méchant que les médicaments, non?

— Reste tranquille, Igor, dit sa mère sans répondre à sa question.

— Tu dis tout le temps que les algues c'est de santé, insiste Zoé. Pour une fois que je suis d'accord avec toi, maman... De

toute façon, as-tu une autre solution pour guérir Zut?

— Mmm.

— Tu vois, tu m'écoutes déjà plus! lance Zoé, frustrée.

Mais sa mère a beau protester et l'assurer qu'elle l'écoute, même si elle n'en a pas l'air, Zoé reste insensible à ses arguments d'adulte. Elle claque alors la porte de l'armoire qui lui rebondit sur le nez. Doublement frustrée, elle se jette de tout son poids sur celle-ci en poussant très fort. Malgré les bouts de sacs de nouilles et de biscuits qui débordent autour de la porte, elle réussit à la fermer et déguerpit aussitôt dans sa chambre.

L'heure est grave. Il faut sauver Zut à tout prix.

— C'est trop important, dit-elle à voix haute. S'il fallait que le pauvre Zut meure, ma vie serait finie. Christine voudra plus être ma copine. Hugo va se fâcher contre Christine. Il voudra plus être son amoureux. Ensuite, il va se fâcher contre moi. Pour se venger, il va raconter à Félix que je suis un monstre qui torture les poissons rouges. Là, Félix va me regarder comme si j'étais Frankenstein, pis là, il voudra jamais être mon amoureux. Non! Zut ne peut pas mourir!

Zoé saute sur son lit et s'y installe à l'indienne pour mieux réfléchir. Elle doit absolument trouver une solution. Ses neurones travaillent fort et la conversation avec elle-même va bon train.

— ... c'est peut-être bon pour les poissons rouges de l'aspirine?... Si je lui mettais un flotteur, un petit morceau d'efface avec un élastique autour du ventre, ça l'aiderait peut-être à nager en attendant que je trouve une solution?

— *Pourquoi pas lui faire la respiration artificielle, le bouche à bouche tant qu'à y être? HAHAHAHAHAHAHA!*

— Mais?...

Croyant avoir entendu une voix, Zoé fixe l'air un moment. Puis, ses yeux font alors un rapide tour de la chambre. Rien. Personne. Elle est bien seule. Pourtant, elle jurerait avoir entendu quelqu'un parler. «J'ai dû rêver», pense-t-elle. Elle poursuit donc son tête-à-tête.

— Allez, Zoé! Tu es capable de trouver une solution. Invente quelque chose, quoi! D'habitude tu ne manques pas d'idées. Ah! si j'étais pas toute seule, aussi! Si je pouvais parler à quelqu'un de mon problème, il me semble que ça m'aiderait.

— *OUOU! Zoé! Je suis là.*

Cette fois, elle a bel et bien entendu une voix. Elle bondit de son lit et s'élance sur la porte qu'elle ouvre brusquement. Personne. Elle aurait juré que c'était Igor qui lui jouait un mauvais tour.

Pauvre Zoé! Elle ne sait plus quoi penser. Sa mère a peut-être raison songe-t-elle, inquiète. «À force de parler toute seule, je suis peut-être en train de devenir folle.»

Mais Zoé se ressaisit et décide qu'il n'y a pas de temps à perdre avec ces idées noires. Zut attend après elle. Aussi, d'un bond, elle retourne sur son lit. Mais, à peine installée, voilà que la voix recommence:

— *OUOU! Zoé? OUOU! C'est moi.*

— Qu...qu...qui ça, moi?

— *Ben!   ZAKPITOUKFIFÈSTAKO-CHUMKIZOU, c't'affaire!*

— Zak...qui?

— *ZAKPITOUKFIFÈSTAKOCHUM-KIZOU. Zazou, quoi! C'est plus simple.*

— Zazou!?

— *C'est moi, ton trésor. Le fameux trésor que tu cherches depuis que tu as découvert que tu es un dragon.*

— Mon trésor?

— *Ben oui! Je suis à l'intérieur de toi. Tu sais la petite voix que tu entends toujours jaser dans ta tête? C'est moi. Tu ne t'es jamais rendu compte que j'étais là. Pourtant, tu passes ton temps à me parler.*

— Moi? Te parler?

— *Ben oui! Quand tu te parles toute seule, c'est à moi que tu parles. Je t'écoute tout le temps, aussi longtemps que tu veux. Pis, je te réponds, MOI.*

— Tu me réponds? Mais je ne t'ai jamais entendu.

— *C'que t'es drôle, toi, des fois. Mais oui tu m'as entendu. C'est juste que tu ne prêtais pas assez attention à ma voix.*

Ces paroles font réfléchir Zoé. En effet, c'est vrai que cette fois, sur son lit, elle était très, très concentrée. Elle s'était parfaitement concentrée pour bien entendre la petite voix qui parle dans sa tête. Mais jamais elle n'aurait cru pouvoir l'entendre aussi clairement...

— Je t'entends comme si tu étais une vraie personne en face de moi, s'étonne Zoé.

— *Tu peux me faire naître si tu veux*, lui rétorque la voix. *D'ailleurs, si tu me fais naître, ça va être bien plus facile pour toi de me parler. Pis tu seras plus jamais seule. Alors? qu'est-ce que t'en dis, Zoé?*

— Te faire naître? Tu veux dire... tu veux dire que je pourrais te voir?

— *Bien sûr que tu pourrais me voir.*

Zoé n'en revient pas. À tel point qu'elle se demande si elle n'est pas en train de rêver. Elle secoue vigoureusement la tête, puis demande d'une voix à peine audible :

— Zazou ? ... Es-tu là ?

— *HAHAHAHAHAHAHAHAHA !* *Mais oui, je suis là.*

— Comme ça, je rêve pas ? J'suis pas folle ?

— *Mais non. Alors, t'as envie de me voir, oui ou non ?*

— Eee... oui, bien sûr... mais... eee... j'ai un peu peur. De quoi as-tu l'air ? Es-tu comme... comme... E.T., un extraterrestre ?

— *Fais-moi naître, on verra bien.*

Craintive, Zoé hésite. Tout d'un coup que derrière cette gentille voix se cache un énorme monstre ? Mais Zazou, qui entend tout ce que se dit Zoé, tente de la rassurer.

— *Cesse donc d'avoir peur. Je suis ton TRÉSOR. Un trésor c'est quelque chose de formidable, non ? Je suis ton amie. Vas-tu finir par comprendre ?*

— Bon bon, d'accord! Si tu me jures que tu n'es pas un monstre, d'accord! Eeee... Mais comment? Comment je peux te faire naître?

— *Super facile! Écoute-moi bien. Pour que ça marche, il y a deux conditions à respecter. La première, tu dois être ABSO-LUMENT seule dans la pièce. Sinon, je disparaîtrais pour toujours. Compris?*

— Compris. Pis la deuxième?

— *À partir du moment où tu auras les yeux fermés, il faudra plus que tu bouges d'un poil. Jusqu'à la fin de l'opération. Sinon, je disparaîtrais aussi pour toujours. Facile, hein?*

— Facile? Supernono, oui! Qu'est-ce que je fais, maintenant?

— *Va te placer devant ton miroir. Pas le petit accroché à la branche du palmier, mais le grand sur pied, juché sur la moitié de capot d'automobile qui te sert de table de maquillage.*

Tout excitée, Zoé s'exécute avec empressement.

— *Pas trop proche, recule un peu... C'est bien. Maintenant, dis-moi ce que tu vois.*

— Ben... moi, c't'affaire!

Pendant ce temps-là, à la cuisine, alors qu'une paire de ciseaux s'affaire toujours autour de la tête d'Igor, le téléphone sonne. Sa mère va répondre. Malgré la pluie qui continue de tomber comme des clous, quelques oiseaux pépient encore sur le garde-fou du balcon. Igor les observe un moment, l'air très inquiet. Il se demande comment ses chers oiseaux vont réagir, maintenant qu'il est un chat selon les Chinois. Il décide donc de s'approcher de la fenêtre en douce. Puis, sans crier gare, il imite un chat qui fait le dos rond, tous poils hérissés. Les oiseaux s'envolent en coup de vent. « Ça y est! pense-t-il. Les oiseaux ne voudront plus de moi. » Pris de panique, il s'élance hors de la cuisine, traverse le corridor à toutes jambes et fonce sur la porte de chambre de Zoé qu'il mitraille de coups de poing.

— ZOÉ ? ZOÉ ? crie-t-il.

Zoé sursaute. Debout, face au miroir, les bras tendus vers son reflet, elle a failli ouvrir les yeux.

— Igor ! s'exclame-t-elle.

— *Bouge pas, Zoé, bouge pas !. C'est trop tard : on a déjà commencé l'opération.*

— Mais la porte n'est pas barrée. Igor va rentrer.

BOUM ! BOUM ! BOUM !

— Je veux mon talman ! Vite, Zoé ! Je veux mon talman, tout de suite !

BOUM ! BOUM ! BOUM !

Zoé se meurt d'aller verrouiller la porte. Mais comme elle ne peut pas bouger, elle cherche une solution pour empêcher son frère de venir la rejoindre. Heureusement, il n'a pas le droit de pénétrer dans sa chambre quand la porte est fermée. C'est un règlement de la maison. Sa mère l'a établi ce fameux jour où Igor était entré dans sa chambre, alors qu'elle ne portait que son bas de pyjama. Il l'a surprise les seins à l'air. Igor s'est mis à courir dans la maison en criant: «Zoé a des seins! J'ai vu les seins de Zoé!» Depuis cette fois, personne n'a le droit d'entrer dans la chambre de l'autre, sans avoir d'abord frappé et obtenu la permission d'ouvrir la porte.

BOUM! BOUM! BOUM!

— Je veux mon talman, Zoé.

— Non, Igor. Pas tout de suite. Tantôt. Pis je te défends d'entrer.

BOUM! BOUM! BOUM!

— Zazou, aide-moi Zazou.

— *Attends! Eee...*

— Trouve quelque chose, vite.

— *Eee... eee... dis-lui que la porte de ta chambre est barrée. Non, il va l'essayer... eee... qu'il doit trouver un mot de passe. Non, ça ne le fera pas partir... eee...*

BOUM! BOUM! BOUM!

— J'ai les bras fatigués, moi, j'en peux plus, Zazou.

BOUM! BOUM! BOUM!

— J'RENTRE!

— NON! NON, IGOR, NON!

— *Retarde-le, Zoé. Dis-lui qu'il y a un mammouth jaune sur le balcon.*

— Il me croira jamais. Attends! Tu viens de me donner une idée. Igor? Écoute-moi bien, Igor.

— Quoi, encore?

— Pour ton talisman, ben... il me manque quelque chose de très important. Je ne peux pas te le donner comme ça parce que ça ne marcherait pas.

— C'est quoi qu'il te manque?

— Une petite roche toute blanche, de la grosseur d'une bille. Il faut que tu ailles dehors tout de suite pour en trouver une et que tu me la rapportes. Comme ça, je vais pouvoir compléter ton talisman. As-tu bien compris, Igor? Une petite roche toute blanche, grosse comme une bille.

— Oui, oui, j'ai compris : une petite blanche comme une roche toute bille.

Zoé et Zazou s'étouffent de rire.

— C'est ça, Igor. Une blanche comme une petite roche toute bille. Et pis, prends bien ton temps, là.

— O.K! attends-moi, je reviens tout de suite.

— *Génial, Zoé !*

En entendant les pas d'Igor s'éloigner dans le corridor, nos deux complices soupirent de soulagement. Mais Zoé n'en peut plus d'avoir les bras tendus. Elles se remettent donc immédiatement au travail.

— Qu'est-ce que je fais, là, Zazou ?

— *Rien. Attends.*

Tout à coup, le reflet de Zoé se met à bouger à l'intérieur du miroir. Zoé est tellement curieuse de voir ce qui se passe, qu'elle ne peut s'empêcher d'entrouvrir les paupières.

— *Mais t'es folle, Zoé?* crie Zazou. *Tu veux m'assassiner ou quoi? Si tu essaies d'ouvrir les yeux encore une fois, je disparais pour toujours. C'est ça que tu veux?*

Zoé serre ses paupières si fort qu'il ne reste de ses yeux que des petits bouts de cils qui dépassent.

Pendant ce temps-là, Igor, qui devrait déjà être dehors, n'est qu'à l'autre bout du corridor, à genoux sur le plancher. D'une main, il retient sa mèche de cheveux, celle que sa mère n'a pas encore eu le temps de couper, et de l'autre, il farfouille nerveusement dans le fond de sa poche. C'est que, en route, il s'est soudainement souvenu qu'il trimballait sur lui quelque chose qui pourrait bien faire l'affaire pour son «talman», et qui lui éviterait d'aller dehors.

— Je l'ai! s'exclame-t-il en sortant de sa poche une espèce de boule brune toute gluante.

En fait, il s'agit d'un reste de chocolat à moitié fondu, dans lequel s'agglutinent des graines de biscuit, un vingt-cinq cents, une vis, une mâchée de gomme verte, un bout de crayon et une petite plume d'oiseau. Sans perdre une seconde, il démantèle la motte visqueuse qu'il éparpille sur le plancher. Au centre de celle-ci, il trouve enfin ce qu'il cherchait : une petite roche marbrée de brun. Heureux, il la lance dans sa bouche pour la nettoyer en la faisant rouler longuement, savoureusement, sur sa langue.

Une fois le chocolat complètement dissous, il crache dans sa main sa précieuse petite roche, cette fois blanche comme une boule à mites.

Satisfait de lui, Igor s'élance de nouveau contre la porte de Zoé. Dans sa main droite, il brandit fièrement le caillou blanc, tout luisant de salive.

BOUM! BOUM! BOUM!

— ZOÉ? ZOÉ?

Mais Igor arrive au moment précis où Zazou allait sortir du miroir.

— NON, IGOR! NON! Pas maintenant.

N'y tenant plus, il attrape la poignée. Désespérée, Zoé lui crie de ne pas entrer. Mais le petit n'écoute rien. Au moment même où il va pousser la porte, une main s'abat sur son épaule.

— Qu'est-ce que tu fais ici, toi? lui demande sa mère, impatiente. Je te cherchais. Allez, viens! J'ai pas encore fini ta coupe de cheveux. T'as l'air d'un gros matou tout couetté.

Igor reçoit cette boutade comme une grave insulte. Fâché, il suit sa mère, tout en protestant vivement.

— J'suis pas un matou! j'suis pas un couetté! J'suis pas un tout matou couetté! J'suis...!

En entendant son frère s'éloigner, Zoé soupire de soulagement, une fois de plus. Mais, Igor aurait-il fait disparaître Zazou en tournant la poignée de la porte?

— Zazou? Es-tu encore là, Zazou?

— *Oui oui, je suis là.*

— Fiou!

— *Attention, j'arrive!*

— Vite, j'ai les bras morts.

Pendant que Zoé retient son souffle, un boum tonitruant éclate dans la chambre. Zoé sursaute. Elle ouvre les yeux et découvre la pauvre Zazou empêtrée à travers les barreaux d'un séchoir à linge.

— *Eee... Salut!... J'ai raté mon entrée. Je devais atterrir dans tes bras, mais j'ai pris un trop gros élan et... j'ai passé tout droit. Je suis comme toi, j'ai pas tellement de visou... Ben, me voilà!*

Stupéfiée, Zoé regarde Zazou avec des yeux de hibou.

— *Ben quoi? Tu ne me reconnais pas? Tu vois bien que je ne suis pas un monstre.*

— Mais...mais...mais c'est moi?! Eee... t'es moi?! Eee... je veux dire... je suis toi... eee... tu es moi... eee.

— *Ton double. Je suis Zazou, ton double.*

— ...!

— *Tu ne dis rien? C'est bien la première fois que t'as rien à dire.*

— Eee... es-tu... eee... es-tu vraie?

— *Tiens, tâte!*

Zoé approche son index et la touche doucement. Son doigt passe alors directement à travers son bras. Surprise, elle retire aussitôt sa main.

— *T'as peur de moi? Ben voyons, Zoé, dis-moi pas que t'as peur de toi!*

— Eee... non... bien sûr que non.

— *Tant mieux! Parce que maintenant que je suis là, je vais rester avec toi pour toujours.*

— Tu veux dire... qu'on va rester en-semble tout le temps?... Tu vas être mon amie pour toute la vie?

— *Ta plus fidèle amie et complice. Tu pourras me raconter tout ce que tu voudras, aussi longtemps que tu voudras. Es-tu contente maintenant de m'avoir trouvée? D'avoir enfin trouvé ton fameux trésor?*

— AH WAOW! C'est super!

Heureuse, Zoé examine Zazou. Elle n'en revient pas de se voir ainsi en double. Ça lui fait vraiment un drôle d'effet.

— *Toi et moi, on sera plus jamais toutes seules,* dit Zazou, tout émue d'être enfin là, avec Zoé.

Les mots de son double vont droit au cœur de Zoé. Touchée, elle se jette au cou de Zazou. Mais, n'ayant pas prévu ce qui arriverait, elle passe directement à travers son corps de brume et se retrouve, à son tour, empêtrée dans les tringles du séchoir à linge. Les filles éclatent de rire.

Pendant un bon moment, nos deux amies continuent de rigoler tout en faisant plus ample connaissance. Soudain, Zazou voit Zoé se précipiter sur le bocal. Avec toute cette aventure, elle avait presque oublié son pauvre petit poisson.

— Catastrophe au cube! Zut va pas mieux. Regarde, Zazou.

Zazou examine le poisson rouge.

— *Y a pas à dire: il a l'air piteux au cube!*

— Qu'est-ce que je vais faire, Zazou?

Pour mieux observer Zut, Zazou prend le bocal dans ses mains. Au grand étonnement de Zoé, le bocal se dédouble. Et le vrai, le dur, est resté à sa place sur l'enclume. N'en croyant pas ses yeux, Zoé passe sa main à travers le double du bocal que tient joyeusement Zazou. La même sensation se reproduit alors, celle de traverser de la brume épaisse.

La tête d'incrédule que fait Zoé amuse beaucoup Zazou. Elle lui demande alors de lui passer la boîte de nourriture pour poisson. Zoé la lui tend aussitôt. Mais la boîte tombe par terre.

— Ben voyons! As-tu les mains percées? dit Zoé en ramassant la boîte.

Elle se relève et aperçoit le double de la boîte dans les mains de Zazou qui éclate de rire.

— Si je comprends bien, tout ce que tu touches se dédouble?

— *T'as tout compris. Super simple, hein!?*

— Ben... oui... super simple... comme tu dis.

Zoé fixe Zazou, hypnotisée par ce qu'elle vient de découvrir.

— *OUOU! Zoé? Tu te vois pas l'air. On dirait que tu viens de rencontrer un revenant. Hé?... Pis Zut, lui? Faut s'en occuper. Regarde, on dirait qu'il est mort.*

— MORT?

CHAPITRE 3

Un petit poisson soûl

— Es-tu mort, Zut? Es-tu mort? répète Zoé, paniquée.

Ne tenant plus en place, Zoé attrape alors le bocal et le secoue violemment.

— Fiou! soupire-t-elle. Il bouge encore.

Malheureusement, Zoé se réjouit un peu trop vite, car, après une courte virée dans son bocal, Zut retourne aussitôt se blottir au fond de l'eau. Plutôt inquiétant.

— Si, au moins, je savais ce qu'il a! lance Zoé, désespérée.

— *Pauvre petit Zut. Regarde, on dirait qu'il a pleuré.*

— Hein? Il a pleuré?

— *Ben oui, ses yeux sont tout rouges. Il a tellement pleuré que le niveau de l'eau a monté.*

— Tu crois? Mais ça veut dire... ça veut dire qu'il nage dans ses larmes?

— *C'est pour ça qu'il va pas bien. Les larmes, c'est chaud, très chaud même. Et c'est plein de sel!*

— Viens, Zazou! Faut mettre de l'eau fraîche tout de suite, sinon il va cuire dans ses larmes. Me vois-tu remettre à Christine un bol de soupe au Zut?

Zoé saisit le bocal pour se rendre dans la salle de bains. Tout à coup, la porte s'ouvre avec fracas. C'est Igor. Zoé regarde Zazou. Comment va-t-elle expliquer la présence de son double?

— Tu parles encore toute seule?

Zazou éclate de rire. Zoé essaie de faire taire son double. Mais Zazou l'ignore et s'approche d'Igor. Au grand désespoir de Zoé, elle se met à lui jouer dans les cheveux, fouiller dans les oreilles, regarder dans le nez, passer un doigt à travers sa joue et lui chatouiller la langue. Bref, elle l'examine dans tous ses recoins. Zoé s'affole.

— Arrête! Mais veux-tu bien arrêter ça!

— Arrêter quoi? J'fais rien, moi, répond Igor.

— *T'en fais pas Zoé*, dit Zazou. *Il ne peut pas me voir, ni m'entendre. Tu es la seule à savoir que j'existe.*

Sur ce, Zazou continue de fouiller Igor. Plus ou moins rassurée, Zoé observe le manège de son double en silence. C'est alors que Zazou plonge sa main dans une des poches du pantalon d'Igor.

— *EURK! Des biscuits au chocolat écrasés dans le fond de sa poche. On dirait du caca.*

Zoé éclate de rire. Elle constate en effet que des graines de biscuits sont restées collées sur le tissu autour de sa poche. Mais Igor, qui ne comprend rien à ce qui se passe, regarde sa sœur d'un œil suspect.

— Tu ris toute seule, maintenant?

— Eee... mais non. C'est pour amuser Zut. Il a le moral bas. Regarde, il y a plein de larmes dans son eau.

Intrigué, Igor examine le bocal. Mais il ne voit rien. Rien d'autre que de l'eau ordinaire. Perplexe, il y regarde encore de plus près. Il a beau essayer de distinguer les larmes du reste du liquide, il n'y arrive pas.

— Allez, c'est assez! ordonne Zoé. Pousse-toi maintenant. Il faut que j'aille changer l'eau. Ça presse!

— Ah non! j'veux mon talman! Tout de suite! Si tu me le donnes pas, j'vas le dire à maman que tu ris toute seule. Pis elle va t'envoyer voir un pislogue.

— J'irai pas voir un psychologue. Jamais!

— *Bravo, Zoé! N'y va pas,* répond Zazou.

Oubliant la présence d'Igor, Zoé parle à son double.

— J'irai jamais. Parce que si j'y vais, le psychologue va vouloir que j'arrête de te parler.

— *Ils comprennent rien à rien, les adultes. Pauvres eux autres!*

— Tu peux le dire!

Igor est perdu car il entend les paroles de Zoé mais pas celles de Zazou. C'est parce que Zazou parle en langage *ZAZOU*.

— À qui tu parles, donc, Zoé?

— Eee... ben à toi, c't'affaire! C'est pas ma faute si tu comprends pas ce que je dis. T'es trop petit. C'est tout!

— J'suis pas trop p'tit. Tu te parles toute seule encore. J'vais le dire à maman si tu me donnes pas mon talman.

— Tu diras rien à maman parce que si tu bavasses, j'vais lui dire que t'as encore volé des biscuits.

— C'est pour les oiseaux.

— Maman va être fâchée quand même. C'est la deuxième boîte de biscuits que tu vides depuis hier.

— Ben... c'est pas ma faute, il y en a beaucoup des oiseaux dehors. Ils ont toujours faim on dirait... O.K.! je l'dirai pas. Mais j'veux mon talman quand même. Pis tout de suite, à part ça!

Zoé soupire d'impatience, mais décide tout de même de répondre à la demande de son petit frère avant de s'occuper de Zut. Elle redépose donc le bocal sur l'enclume et plonge sous son amoncellement d'objets. Pendant ce temps-là, Zazou continue de s'amuser aux dépens d'Igor. Elle lui gratte la nuque. Cette fois, le petit sent qu'il se passe quelque chose. Inquiet, il ramasse un toutou miteux affalé sur une boule de bowling tout en regardant autour de lui. Même s'il ne voit rien d'anormal, il n'est pas très rassuré et presse fort l'animal de peluche contre sa poitrine. Zazou lui chatouille alors le nez. Igor éternue.

— Ah non! pas la grippe! fait-il.

Mais Zoé, complètement perdue sous sa montagne, n'entend pas Igor. Elle cherche ce stupide talisman. Impatiente, elle accroche tout, fait tomber les objets et ne voit rien. « Quand on cherche quelque chose, on ne voit jamais rien ! pense-t-elle. Surtout quand on est pressé... »

Zazou continue de taquiner gentiment Igor qui éternue à nouveau.

— ATCHOUM ! ATCHOUM ! AT-CHOUM ! fait-il.

Étourdi par la violence de ses éternuements, il reprend ses esprits tout en s'essuyant le nez sur le revers de sa manche.

— Zoé ? Est-ce qu'on peut attraper la grippe aussi l'été ?

— Je l'ai ! s'écrie tout à coup Zoé.

Émergeant d'une peau d'ours polaire, elle brandit fièrement le fameux objet. C'est une toute petite boîte de cèdre. Zoé s'approche d'Igor en la tenant dans le creux de sa main.

— Tiens, sens comme ça sent bon, dit-elle.

Avant de flairer la boîte, Igor essuie son nez qui coule sur le vieux toutou.

— ATCHOUM! J'ai la grippe, dit-il.

— La grippe? L'été? s'étonne Zoé.

Elle jette un coup d'œil au toutou.

— C'est pas la grippe que t'as. C'est de l'allergie. Tu dois être allergique au toutou.

Igor regarde la bête à poil qu'il tenait contre sa poitrine, la tête en bas. Il éternue. Tout à coup ses yeux s'écarquillent comme s'il venait d'apercevoir un fantôme.

— Un **CHAT**!

Insulté, Igor lance l'animal au bout de ses bras.

— Un chat! J'peux bien être agèrelique! déclare-t-il en regardant sa sœur.

Zoé rigole un bon coup puis colle la petite boîte sous les narines de son petit frère. Avant de sentir, Igor s'essuie de nouveau le nez sur sa manche et renifle l'odeur du cèdre qui l'enivre délicieuse-

ment. Mais Zazou fait signe à Zoé d'accélérer les choses, en lui montrant le bocal
de Zut.

— Igor as-tu ta roche blanche? demande Zoé. J'espère qu'elle est de la bonne
grosseur.

Il lui donne la roche.

— Parfait! Ferme les yeux maintenant.

Zoé ouvre la boîte et regarde Zazou qui
lui fait un clin d'œil malicieux. Au lieu d'y
enfermer la fameuse petite roche, Zoé la
cache sous son lit, histoire de s'amuser un
peu de la naïveté d'Igor.

— Tu peux ouvrir les yeux maintenant. J'ai enfermé la roche blanche dans
la boîte. Pour rester tout le temps un chat
qui aime les oiseaux et que les oiseaux
aiment, tu dois garder la boîte sur toi,
jour et nuit.

— Même dans mon pyjama?

— Ben oui! Surtout la nuit. Parce que
la nuit, les chats rôdent sur les toits. Mais
il y a autre chose aussi. Il ne faut jamais

ouvrir la boîte pour regarder la petite roche blanche. Si tu fais ça, la petite roche va s'envoler comme un oiseau. T'as bien compris, là?

— Oui. Garder la roche dans mon oiseau de pyjama. Tout le temps. Comme ça, le petit toit blanc pourra pas s'envoler dans le chat sur sa boîte de nuit.

Zoé et Zazou ont du mal à ne pas pouffer de rire. Finalement, Zoé réussit à garder son sérieux et termine son explication.

— De toute façon, tant que la boîte sentira le cèdre, le talisman va fonctionner. Mais si, à un moment donné, tu te rends compte que le cèdre ne sent plus rien, viens me voir tout de suite. D'accord?

Fasciné par son talisman, Igor reste là, muet, les yeux rivés sur sa précieuse petite boîte. Tandis qu'il se demande si le talisman fonctionne, Zoé aperçoit Zazou qui recule dans le corridor, en étirant le double des bretelles de son petit frère. Devant la frimousse espiègle de son double qui menace de lâcher les élastiques, elle a bien du mal à s'empêcher de rire. C'est alors qu'Igor, sérieux comme un chameau, émet un doux, très doux miaulement.

— Ça marche! s'extasie Igor, tout ému. Je suis un bon chat, un chat qui aime les oiseaux.

Heureux et satisfait, il tourne les talons et fonce dans le corridor en faisant claquer la porte de la chambre derrière lui.

— ZAZOU! s'exclame Zoé.

Craignant d'avoir perdu son double, Zoé veut partir à sa recherche. Mais avant même qu'elle ait le temps de bouger, Zazou réapparaît en passant à travers la porte.

— *Ha! c'que t'es drôle! Tu te vois pas la tête! T'as jamais vu ça quelqu'un passer à travers les murs?*

— Ben... eee... non.

— *T'es mieux de t'habituer parce que c'est pas tout. Regarde!*

Zazou s'envole dans la chambre comme un oiseau. Sous le regard émerveillé de Zoé, elle enchaîne plusieurs pirouettes, se balance accrochée au plafonnier et déambule avec grâce sur une corde à sauter tendue bien haut entre deux échasses.

Tout à coup, elle disparaît par le plafond. Pendant un moment, plus de Zazou. Zoé s'inquiète. Puis, Zazou réapparaît par la fenêtre, complètement trempée. Elle avait oublié qu'il pleuvait encore à boire debout. À la vue de son double trempé, Zoé éclate de rire. Mais toute cette eau lui fait soudainement repenser à Zut.

— ZUT! Zazou.

Zoé attrape le bocal et se rue dans la salle de bains. Zazou la précède en s'amusant à passer à travers les murs. Une fois au lavabo, Zoé change l'eau du bocal. Nos deux amies observent un moment la réaction du petit poisson. Malheureusement, il a l'air aussi déprimé qu'avant.

— Ça doit être à cause de l'eau, dit Zoé. De l'eau de robinet, c'est pas de l'eau pour les poissons. Y a trop de chimie là-dedans. Maman le dit toujours.

— *C'est pas une bonne recette d'eau pour les poissons.*

— Pas une bonne «LECETTE» comme dirait madame Ping, ajoute Zoé en rigolant.

Et là, au même moment, Zoé et Zazou se regardent droit dans les yeux.

— Est-ce que tu penses à ce que je pense, Zazou?

— *Oui.*

— Vite! Chez madame Ping.

Zazou disparaît aussitôt à travers le mur. Zoé s'élance à sa poursuite avec le bocal sous le bras. Le nez en l'air, elle cherche son double en courant partout dans la maison. Une fois sur le balcon, elle l'aperçoit flottant dans le ciel.

— Chanceuse! s'exclame-t-elle en déposant le bocal sur le garde-fou. Moi aussi je voudrais voler.

— *J'aimerais ça aussi, mais c'est impossible, tu le sais bien.*

— J'suis jalouse! Jalouse comme un pou.

— *C'est pas le temps d'être jalouse là, Zoé. Arrive! On est pressées.*

Sur ce, Zazou s'envole en direction du restaurant.

— Hé! attends-moi! crie Zoé en voulant empoigner le bocal.

Mais, dans sa précipitation, il lui glisse des mains et tombe dans le vide, du troisième étage. Zoé ferme les yeux et se bouche les oreilles. Visage crispé et souffle coupé, elle attend l'explosion du bocal sur le sol.

Zazou revient auprès d'elle.

— C'est un accident, c'est un accident, répète Zoé paniquée.

Zazou jette alors un coup d'œil en bas.

— *Mais Zoé!... Qu'est-ce qui s'est passé?*

Persuadée de trouver le pauvre petit poisson rouge harponné par un éclat de verre, Zoé risque un œil dans la cour. Mais, surprise, Zut et son bocal ont disparu. Malgré la pluie battante, Zoé dévale l'escalier en colimaçon qui la mène directement sur le plancher des vaches.

Une fois au rez-de-chaussée, elle trouve le beau Félix se balançant sur les deux pattes arrière de sa chaise, les pieds accrochés à la rampe de la galerie et le nez fourré dans une bande dessinée. Maniaque de bédés, il passe tout son temps à lire et à relire les innombrables albums qu'il trouve à la bibliothèque municipale. Rien ne l'arrache à sa lecture, ni Zoé qui essaie souvent d'attirer son attention, ni la puissante moto de son grand frère, ni même un tremblement de terre.

— Félix? dit-elle énervée... Félix?... FÉLIX? JE TE PARLE.

— Hein?

— As-tu vu passer le bocal de Zut?

Félix regarde alors Zoé d'un drôle d'air, l'air de la prendre pour une folle. Agacé, il replonge dans son album sans même daigner lui répondre. Insultée, Zoé lui fait une grimace et part à la recherche de Zut.

La pluie tombe abondamment. Malgré cela, Zoé continue de fouiller les alentours. Elle regarde partout, même sous la galerie. Finalement, elle se précipite sur l'horrible tonneau puant la bière mal digérée qui, au grand désespoir de sa mère, traîne dans la cour depuis deux semaines.

— Il est là ! crie-t-elle à Zazou.

En effet, Zut barbote tant bien que mal dans le tonneau rempli d'eau de pluie. Mais le pauvre semble complètement désemparé et zigzague mollement dans tous les sens.

— *Zut est complètement soûl,* s'exclame alors Zazou.

Après quelques tournoiements, voilà qu'il sombre dans l'eau noire.

— Zut va se noyer, crie Zoé, terrifiée.

Zoé plonge alors son bras dans le tonneau. Farfouillant dans l'eau comme une désespérée, elle tente d'attraper le petit poisson. Mais ce n'est pas facile. L'eau est sombre et Zut, glissant comme un savon. Ça y est! Il vient encore de lui échapper.

Zoé grimpe alors sur le rebord de la galerie du rez-de-chaussée. Plus haute par rapport au tonneau, elle peut ainsi se pencher plus profondément et enfoncer son bras dans l'eau jusqu'à l'épaule. Elle touche Zut à nouveau. Mais cette fois, il lui glisse entre les doigts en plongeant vers le fond. Tentant de le rattraper par le bout de la queue, Zoé donne un coup par en avant et...PLOUF!!! elle plonge la tête première dans le tonneau. Immergée jusqu'à la taille, seules ses jambes gigotent à l'extérieur. Elle a beau s'agiter dans tous les sens, pousser sur les parois de bois, rien à faire pour sortir de là. Au bord de la noyade, elle hurle :

— Au se... burp!... burp!... cours!

Espérant que Félix lui vienne en aide, elle répète désespérément son S.O.S. Mais, bien entendu, son cher voisin du rez-de-chaussée ne se rend pas compte un seul instant du drame qui se déroule sous

ses yeux. Il tourne tranquillement une page de son album.

En désespoir de cause, Zoé donne un grand coup de reins qui fait verser le tonneau sur le côté. À demi noyée, elle réussit à sortir de sa prison et à reprendre son souffle.

— ...Burp!

La vue de Zut frétillant dans l'herbe lui fait vite oublier ses malheurs et la ramène tout droit à la réalité. Sans perdre une seconde elle prend le bocal qui avait coulé au fond du tonneau et y met un peu d'eau de pluie. En moins d'une, Zut a réintégré son vase.

— Fiou! soupire Zoé. Une chance que le tonneau était là, hein, Zazou?

— *Ça prouve rien qu'une chose, Zoé.*

— Quoi?

— *Ben... ça prouve que c'est bien, même très très bien de laisser traîner ses affaires des fois.*

— Je le sais. Le problème, c'est maman. J'arrive pas à lui faire comprendre ça.

Mais toutes ces péripéties n'ont rien fait pour améliorer l'état de Zut. Tapi au fond de son bocal, il a l'air d'un poisson en plastique.

— Vite, Zazou! Chez madame Ping!

CHAPITRE 4

La recette
de madame Ping

Pendant que Zazou vole allègrement devant elle, Zoé s'essouffle sur le trottoir. En route vers le restaurant, elle passe devant la quincaillerie de monsieur Plourde. C'est là qu'elle s'approvisionne le plus souvent pour son bric-à-brac.

Dans la cour arrière de son magasin, le quincaillier entasse divers matériaux qu'il destine aux poubelles : coudes de tuyaux de poêle, lavabos, robinets, rideaux de douche, briques, pinceaux, bouts de bois. Bref, de quoi bricoler toutes sortes d'inventions. Aussi, Zoé s'y arrête toujours en passant.

Mais là, elle n'a vraiment pas le temps d'aller fouiller. Ce n'est pas l'envie qui lui manque. Surtout qu'elle vient d'apercevoir une sorte de serpentin en plastique, un machin qu'elle n'avait encore jamais vu auparavant. Mais aujourd'hui, il y a plus urgent. Elle doit d'abord s'occuper de Zut.

Derrière sa vitrine, monsieur Plourde, qui mâchouille son éternel petit clou, regarde passer Zoé à toute vitesse. Étonné de ne pas la voir s'arrêter, il se demande bien pourquoi elle est si pressée. «Sacré Zoé! se dit le sympathique marchand. Probablement une autre de ses histoires abracadabrantes.»

Zoé et Zazou arrivent enfin au coin de la rue. C'est là que monsieur Li Yu tient son commerce de dépanneur. Dans la bâtisse d'à côté, sa femme, Ping Yu, gère un restaurant chinois. La journée étant encore jeune, une petite affiche à la vitre de la porte indique que le restaurant est fermé. Sans hésiter, Zoé s'engouffre chez le dépanneur et file directement au fond de la pièce, sans prendre le temps de saluer monsieur Li.

Trop lent, monsieur Li. En effet, cela fait près d'une heure que ce dernier s'affaire à remplir son étalage de paquets de gommes et il termine à peine la première rangée. Aussi, lorsqu'il finit par relever la tête pour voir qui vient d'entrer dans son commerce, Zoé a déjà disparu au fond du magasin.

Camouflée derrière le rideau de bambou qui sépare le restaurant du dépanneur, Zoé écoute le bruit que fait le couteau à légumes de madame Ping. Profitant de ce que la propriétaire est occupée dans sa cuisine, elle se faufile à l'intérieur en traversant la pièce sur la pointe des pieds. Un immense aquarium longe le mur du fond où d'énormes poissons, tous destinés à la poêle à frire, s'entrecroisent paisiblement.

— Ça, Zazou, c'est une bonne lecette d'eau pour les poissons! chuchote Zoé. Regarde comme ils sont en vie.

— *Penses-tu que madame Ping va vouloir te donner sa lecette ?*

— Pas question de lui demander. Ça serait bien trop long à lui expliquer, elle parle presque pas le français.

Zoé élève le bocal de Zut au-dessus de l'aquarium.

— *Zoé! Tu vas pas jeter Zut dans l'aquarium: madame Ping va le faire frire.*

— Mais non. J'vais juste remplir le bocal avec l'eau de l'aquarium. Comme ça, j'ai pas besoin de demander la lecette à madame Ping, pis Zut va nager dans de la vraie eau pour les poissons. Regarde comme ils sont en santé les poissons de madame Ping.

Zoé immerge une partie du bocal. L'eau s'y déverse doucement. Pendant ce temps-là, Zazou guette la réaction de Zut. Pour l'instant, il reste aussi inerte qu'une roche.

— Liiiiiiiiiii! appelle tout à coup madame Ping, du fond de sa cuisine.

— Zuuuuuuuuuut! crie Zoé en voyant le petit poisson rouge s'échapper de son bocal et se perdre dans l'aquarium.

En effet, le hurlement de madame Ping l'a fait si violemment sursauter, que le bocal lui a glissé des mains et a coulé au fond de l'aquarium. Résultat? Voilà Zut qui se tortille fébrilement parmi les gros poissons.

Le cri de Zoé a alerté les Yu d'une présence dans la place. Alors que madame Ping arrive en trombe dans le restaurant, monsieur Li, toujours occupé à refaire son étalage de paquets de gommes, amorce à peine un mouvement de la tête.

— Zoé! Houangtihonghangchou? Tiou-onchihann!

— J'veux juste un peu de votre lecette d'eau pour les poissons, murmure Zoé, la mine piteuse.

Bien entendu, madame Ping ne comprend rien à ce que Zoé raconte, pas plus que Zoé ne comprend le jargon de madame Ping. D'habitude gentille avec Zoé, en ce moment, madame Yu n'est pas du tout contente de son intrusion dans le restaurant. Baguettes en l'air, elle la dispute en chinois. Zoé, de son côté, essaie de lui expliquer ce qui se passe.

Pendant ce temps-là, intrigué par le cri de Zoé, monsieur Li s'est mis en route vers le restaurant. Il accourt le plus vite qu'il peut, c'est-à-dire à pas de tortue. Il double en ce moment même le comptoir de la caisse.

Comme Zoé n'arrive pas à se faire comprendre de la restauratrice, elle décide de passer à l'action. Elle plonge son bras dans l'aquarium et en retire le bocal de Zut, rempli d'eau.

Pendant que madame Ping observe avec stupéfaction son manège, monsieur Li arrive enfin au rideau qui sépare les deux commerces. Son nez pointe entre deux chapelets de bambou.

Mais Zoé ne prête aucune attention aux Yu. Elle guette plutôt ce qui se passe dans l'aquarium. Tout à coup, elle aperçoit un gros poisson-chat qui file droit sur le pauvre Zut. Convaincue que ce monstre moustachu s'apprête à le dévorer, elle dépose le bocal dans les mains de Zazou et replonge le bras dans l'aquarium... BADANG!... Évidemment, le bocal est tombé par terre, sans toutefois se briser. Par contre, il a inondé une bonne partie du plancher, y compris les chevilles de madame Ping.

Zoé, trop occupée à sauver Zut, ne s'est même pas rendu compte de sa gaffe. Pendant un moment, elle continue de poursuivre son cher petit poisson rouge.

Elle réussit enfin à l'attraper. Tenant victorieusement Zut dans ses mains, elle se retourne vers Zazou qui, la mine désolée, presse contre elle le double du bocal.

— *C'est pas ma faute, Zoé. Tu m'en veux pas, hein ?*

— Mais non, Zazou. C'est pas ta faute. C'est de ma faute à moi. J'étais trop énervée et j'ai oublié que...

Tandis que Zoé discute avec Zazou et que Zut s'agite entre ses doigts, madame Ping se demande bien à qui Zoé est en train de parler.

— Toi, pale à poisson ? Hon ? s'inquiète madame Ping.

— Eee...non...eee...J'parle pas au poisson...Eee...

— Non, non ! Pas paler poisson, hon ? MANGER poisson, hon ? Bon pou cèvelle. Bonne lecette te donner. Poisson avec liz flit heuleux et épinads désolés, hon ? Bon bon pou cèvelle, hon ?

— *Attention, Zoé !* s'écrie Zazou. *Madame Ping veut manger Zut.*

Entretemps, monsieur Li, tout essoufflé, exécute un dernier virage avant d'atteindre l'aquarium. À petits pas, il contourne l'anse d'une bouteille de soya qui déborde d'une des tables du restaurant.

Le visage de madame Ping s'illumine soudain. Elle vient enfin de comprendre ce que voulait Zoé. Amusée, elle ramasse le bocal qui gisait encore par terre et le remplit d'eau de l'aquarium. Sans plus attendre, Zoé y jette le petit poisson.

Complètement épuisé, Zut se laisse directement couler au fond du vase. Seules ses nageoires balaient l'eau au ralenti. Inquiètes, Zoé et Zazou l'observent un moment.

Monsieur Li arrive sur l'entrefaite, couvert de sueur comme s'il venait de courir cent kilomètres. Voyant Zut faire du surplace dans le fond de l'eau, il déclare :

— Pas vite poisson louge ! Pas vite du tout !

Zoé et madame Ping éclatent de rire et se dirigent vers la sortie. Elles laissent en plan monsieur Li qui ne comprend pas ce qu'il a dit de si drôle. Juste comme il s'apprête à écarter les lèvres pour poser une question, sa femme et Zoé disparaissent derrière le rideau de bambou. Découragé de devoir faire demi-tour aussi vite, monsieur Li exhale un profond soupir.

Sur le palier du dépanneur, Zoé remercie madame Ping, puis s'élance sous la pluie en tenant bien fort son précieux bocal.

Quelques minutes plus tard, Zoé arrive chez elle, trempée jusqu'aux os. Elle file aussitôt vers sa chambre. Sa mère qui la voit passer sécrie :

— Zoé ! Mais qu'est-ce qui t'a pris de sortir par un temps pareil ?

— Ben... j'avais affaire.

— Comment ça, affaire ?

— Ben... j'ai eu une petite urgence.

— Comment ça, une petite urgence ? C'est toi qu'il va falloir mener à l'urgence si tu restes toute mouillée. Je te l'ai dit cent fois, Zoé. On ne va pas jouer dehors quand il pleut.

— J'ai pas joué je te dis, j'avais une urgence.

— Reste là où tu es. Tu vas mettre de l'eau partout.

Sa mère disparaît un moment et revient avec une grande serviette.

— C'est à cause de Zut, explique Zoé. Fallait que je trouve de l'eau pour les poissons. Pis j'suis tombée dans le tonneau. Si t'avais été là... mmmmffff...

Sa voix s'étouffe dans l'épaisse serviette qui lui enveloppe la tête.

— ...tu fonn... touff trainer... soule Ping... lecette...

— Bon! Enlève tes chaussures maintenant, lui ordonne sa mère, l'air absent.

Zoé réalise de nouveau que sa mère n'est toujours pas très intéressée par ce qu'elle raconte. Toutefois, plutôt que de se fâcher comme d'habitude, elle ne fait pas d'histoire et exécute l'ordre sans dire un mot.

— Voyons, t'es bien silencieuse tout à coup, Zoé ?

— J'ai plus rien à dire maman, déclare Zoé en lançant un clin d'œil à Zazou.

Amusées, nos deux complices se regardent, un petit sourire au coin des lèvres.

— *Zoé, parle-moi en langage zazou.*

Zoé la regarde avec des yeux ronds.

— *Ben oui ! Par télépathie, quoi ! Allez ! Essaie !*

Zoé fronce les sourcils et serre les lèvres.

— *...Zazou ?* dit-elle dans sa tête. *M'entends-tu, Zazou ?*

— Ben oui j't'entends ! J't'entends aussi clairement que si tu me parlais à voix haute.

— *AH ! WAOW !* s'exclame Zoé en zazou.

Pendant que Zoé continue de se faire sécher par sa mère, les filles jasent au nez de cette dernière en s'en donnant à cœur joie.

— Bon! déclare la mère après un moment. Va te changer avant d'attraper ton coup de mort. Pendant ce temps-là, j'vais te préparer une bonne tisane de chicorée.

— EURK! De la chicorée.

Avant de se voir offrir une autre abomination granola, Zoé ramasse son bocal et file dans sa chambre sous le regard amusé de sa mère. En fait, celle-ci lui avait proposé une tisane juste pour la taquiner un peu.

De retour dans son bric-à-brac, Zoé se change tout en continuant de discuter avec Zazou. Tout enflammée, elle parle abondamment de ce qui vient de lui arriver. Sa presque noyade dans le tonneau, l'indifférence du beau Félix, son aventure chez les Yu, Zut qui a failli finir ses jours dans une lecette de madame Ping, sa mère qui ne se rend pas compte de la présence de Zazou...etc.

Vingt minutes plus tard, Zoé cesse brusquement son déluge de paroles. Elle vient de réaliser combien elle est heureuse d'avoir Zazou dans sa vie.

— *Qu'est-ce qu'il y a, Zoé? Tu parles plus?*

Zoé regarde son double, tout émue.

— Ben, jj... j't'aime... Zakpifi,fèstou... Zak... machintruc!

Gênée, Zazou devient rouge tout d'un coup. Rouge comme Zut.

— *Tu vois, tu me fais ZUTER,* dit Zazou.

Les filles reviennent au petit poisson, malheureusement toujours immobile au fond de son bocal.

— *On peut pas dire qu'il nage comme un poisson dans l'eau,* dit Zazou. *Penses-tu qu'il va s'habituer à sa nouvelle eau?*

— J'ai peur, Zazou. J'ai peur qu'il meure. Allez, Zut! Fais un petit effort. Guéris! Guéris pour Christine, pis pour Hugo, pis pour Zazou et moi.

CHAPITRE 5

Un petit zigzag
pour Zut

Confortablement assises sur le lit autour du bocal de Zut, Zoé et Zazou observent le petit poisson rouge dans l'espoir qu'il reprenne des forces. Puis, le bruit de la télévision surgit dans la chambre.

— C'est l'heure de LA BALEINE PERDUE! s'exclame Zoé. Vite! On est en retard.

Zoé ramasse le bocal et se précipite dans le salon où Igor est déjà installé, le nez collé sur l'écran. Celui-ci, très concentré, écoute son émission préférée.

— Qu'est-ce qui est arrivé, Igor? interroge Zoé. J'ai manqué le début. Est-ce que la baleine s'est échouée?

— CHHHHUT!

— C'est qui, lui?

— CHHHHHHHHHHHHHHHHHUT!

— Ça doit être le capitaine du bateau. Non! Ça doit être le marin. C'est lui qui

va harponner la baleine. C'est lui le méchant parce qu'il lui manque une dent en avant. Les capitaines de bateau, d'habitude, sont toujours plus beaux que les marins. Moi, le marin, je le ferais attaquer par une mouette, pis je le ferais basculer par-dessus bord. Ou mieux que ça : je prendrais le chat noir du capitaine, je lui donnerais la rage, pis je lui ferais mordre le mollet du marin. Super ! Hein, Igor ?

— Toi, va-t'en ! Va-t'en d'ici ! J'veux pas que tu regardes la télé avec moi.

— J'voulais juste savoir si le chat...

Exaspéré, Igor saute sur Zoé en la martelant à coups de poing. Prise au dépourvu, Zoé est débordée. Zazou tourne en rond autour d'eux en encourageant cette dernière.

— *Chatouille-le, Zoé ! Chatouille-le ! Guili, guili, guili !*

Zoé reprend enfin le dessus. Elle se met à chatouiller Igor qui hurle à la fois de rage et de plaisir. Alertée par les cris des enfants, la mère surgit dans la pièce, certaine d'en trouver un amputé d'un bras ou d'une jambe. Elle se jette à son tour dans la bagarre. Au bout d'un moment, elle réussit à les séparer.

— C'est assez, là! J'ai dit: ASSEZ! Si vous n'êtes pas capables de regarder la télévision ensemble sans vous chamailler, j'vais tout simplement la fermer.

— C'est pas moi, c'est Zoé. Elle parle tout le temps.

— Pis? Si j'ai des affaires à dire, moi? réplique Zoé.

— Écoute, Zoé. C'est vrai que c'est pas très plaisant d'écouter la télévision quand quelqu'un passe tout le temps ses commentaires, à côté.

— C'est pas des commentaires, c'est des idées. C'est pas ma faute si y sont pas assez bons pour inventer des bonnes histoires de film.

À bout d'arguments, sa mère baisse les bras.

— Bon! Écoute, Zoé. Retiens tout ça dans ta tête et puis, après l'émission, tu viendras tout me raconter. Mais, pour le

moment, laisse Igor tranquille. Igor?...
Igor, mets-toi pas si proche de la télévision.

Igor recule d'à peine un centimètre.

— IGOR!

Cette fois, il obéit, mais en bougonnant.

— Et toi, Zoé, garde tes idées pour plus tard, ajoute-t-elle.

— Plus tard, c'est trop tard. Pis de toute façon, tu comprendrais rien parce que tu connais pas l'histoire.

Zoé aperçoit alors son double qui lui fait un clin d'œil malicieux.

— *T'en fais pas, Zoé, t'auras qu'à parler en zazou.*

— O.K.! maman! J'vais me taire, répond-elle sur un ton indifférent.

— CHHIIIIHHHHHHHHHHHHUT! fait Igor.

Le calme revient enfin dans la pièce. Zoé s'installe derrière Igor avec le bocal de Zut entre les jambes. Son double s'assoit à côté d'elle. Nos deux complices se mettent alors à commenter l'émission en langage zazou. Évidemment, Igor ne se rend compte de rien car il ne peut entendre ce langage.

— *Une baleine qui se repose au fond de l'eau,* dit Zoé. *C'est plate!*

— *Moi, j'accrocherais la baleine au ventre du bateau,* suggère Zazou. *Comme ça, elle pourrait voyager à travers toutes les mers sans jamais se fatiguer.*

Zoé regarde tristement la pauvre baleine épuisée qui essaie d'avancer. Pendant ce temps-là, son double s'envole dans la pièce. Tout à coup, Zoé éclate de rire.

— CHHHHHHHHHUT! lui fait Igor.

C'est que, sur l'écran de télévision, Zoé vient d'apercevoir Zazou qui tente d'aider la baleine perdue en la poussant dans le derrière. Et pour compléter le tableau, un petit poisson rayé vient nager autour de la tête de son double en faisant de drôles de zigzags.

—*Lui, c'est Zigzag,* raconte Zazou en jouant à l'animatrice. *Il s'appelle comme ça parce qu'il nage tout croche.*

Pour éviter de faire sortir Igor de ses gonds, Zoé s'efforce d'étouffer ses rires. Mais la rigolade s'arrête net lorsqu'elle aperçoit un requin qui fonce sur Zazou, occupée à zigzaguer derrière Zigzag.

— Attention, Zazou! s'écrie Zoé. Un requin! Vite! Sors de là!

Igor se retourne aussitôt vers sa sœur en lui lançant un regard féroce. Mais trop affolée, Zoé continue d'essayer d'avertir son amie en gesticulant dans tous les sens. «Elle est vraiment devenue folle!» se dit Igor.

Zazou sort enfin du poste de télévision. Soulagée, Zoé s'affale sur le plancher.

— *J't'ai eue! J't'ai eue, Zoé Thériault Petrov!* chante Zazou. *T'as bien cru que j'allais me faire dévorer par le requin, hein? Allez! Avoue!*

— *Eee.. mais non!* répond Zoé, blessée dans son orgueil. *J'avais pas peur, eee... c'est pour Zigzag que j'ai eu peur.*

— *Orgueilleuse! Orgueilleuse!* chante encore Zazou.

— *T'es trop vraie aussi,* avoue enfin Zoé. *J'oublie tout le temps que tu peux passer à travers tout. C'est pas juste!*

Pour narguer encore plus son amie, Zazou s'élance de nouveau la tête la première dans l'écran de télévision. Mais, cette fois, elle rate son coup et passe directement à travers l'appareil. Elle se retrouve donc les jambes dans le salon et la tête dans le corridor. Zoé pouffe de rire et en profite pour se moquer à son tour.

— AAAAAAH! rugit Igor, exaspéré par sa sœur. Arrête de rire! C'est même pas drôle, à part ça.

— Ben oui, c'est drôle. C'est super-drôle, même. C'est pas ma faute si tu n'entends pas les mêmes choses que moi.

— C'est quoi que t'entends? demande Igor, intrigué.

— CHHHHHHHHHHHHUT! Silence, Igor.

— C'est quoi que t'as entendu, Zoé? Dis-le-moi.

— J'peux pas te le dire, tu veux pas que je parle.

— Ben... j'vais le dire à maman que tu ris toute seule. Même quand c'est pas drôle.

— Si je te le dis, tu bavasseras pas à maman ?

— Promis juré sur mon talman !

— Le capitaine a dit que... que... que la baleine c'était une baleine péteuse.

Zazou se roule de plaisir sur le plancher.

— Hein ? Une baleine péteuse ? Ça pète une baleine ?

— Ben oui, comme tout le monde. Te souviens-tu, l'été dernier à la mer, quand on s'est fait arroser par une grosse vague ?

— Ah ! oui ! Pis maman qui était tout habillée.

— Ben, c'était à cause d'un pet de baleine. Elle avait pété en passant tout près de la plage. Pis quand ça pète une baleine, ça fait des grosses vagues.

Igor dévore sa sœur avec des yeux ronds comme la lune. Mais le hurlement du capitaine de bateau le ramène à l'écran. Il aperçoit alors le marin édenté brandissant bien haut son harpon au-dessus de la baleine.

— Vas-y, baleine! Pète! Pète un gros pet qui va faire chavirer le bateau.

Complices, Zoé et Zazou encouragent aussi l'énorme poisson à péter. Mais la vue du harpon qui menace la baleine ramène Zoé au pauvre petit Zut. Lui aussi est peut-être sur le point de mourir. Abandonnant la télé, elle revient au bocal. Zut n'a pas l'air d'aller mieux. On dirait que sa nouvelle eau ne produit aucun effet.

— *Mais qu'est-ce qu'il a?* demande Zoé à Zazou.

— *J'sais pas. Ah! si j'parlais poisson!*

— *Chose certaine, il a l'air super triste.*

— *C'est vrai. Peut-être...peut-être qu'il n'est pas malade...peut-être que Zut est comme toi.*

— *Comme moi?*

— *Ben oui. Peut-être qu'il a besoin d'un ami, d'un autre poisson. Peut-être qu'il est juste en train de mourir d'ennui.*

— *Mais oui! C'est ça! Zut se meurt d'ennui.*

— *Ça lui prendrait un petit Zigzag. Hein, Zut? Qu'est-ce que t'en dis?*

— *Zazou, t'es géniale! Vite, on a pas de temps à perdre.*

Zoé attrape le bocal et s'élance aussitôt hors du salon.

— Où tu vas? demande Igor.

— Sauver Zut. Il est en danger de mort.

— Comment ça, en danger de mort?

Zoé n'a pas le temps de s'expliquer et laisse son petit frère sans réponse. Intrigué, Igor est tenté de suivre sa sœur. Mais pour une fois qu'il peut regarder son émission préférée en paix, sans les placotages de Zoé, il décide de rester devant la télévision.

Zoé surgit dans la cuisine alors que sa mère prépare le dîner.

— EURK! Ça pue le poisson! dit Zoé en se pinçant le nez. Es-tu en train de faire cuire de la baleine péteuse?

En effet, il y a du poisson au menu.

— De la baleine péteuse! Chère Zoé! Qu'est-ce que tu me racontes là encore?

— Maman, j'ai quelque chose à te demander... Jure-moi que tu vas dire oui.

— Ma pauvre cocotte, j'peux pas jurer d'avance, j'sais même pas de quoi il est question. Bon, qu'est-ce que tu veux, là? Des frites? Une moto? Une girafe, peut-être? Je le sais! Tu veux encore rentrer ton affreux tonneau? Tu connais le règlement pourtant, Zoé: pas question d'entrer quoi que ce soit de nouveau dans ta chambre, tant que t'auras pas fait ton ménage.

— Un poisson rouge, murmure Zoé.

— Quoi? s'étonne sa mère.

— J'veux acheter un autre poisson rouge. C'est pour Zut. Il est en danger de mort.

— Comment ça, en danger de mort?

— Ben oui, il se meurt d'ennui. Regarde, il est tout triste dans le fond de son bocal. On dirait qu'il sait même plus nager. Hein, mon pauvre petit Zut?

— Écoute-moi bien, Zoé. Pas question que j'achète un autre poisson rouge. Tu le sais, j'suis pas du tout d'accord pour garder des petites bêtes en cage.

— Mais c'est pas parce qu'il est en cage qu'il se meure. C'est parce qu'il est tout seul dans son bocal et qu'il s'ennuie. Il s'ennuie à mort, comprends-tu? Zut a besoin d'un ami.

— Zut appartient à Christine. C'est à elle d'y voir.

— Mais Christine revient seulement dans une semaine. Zut a le temps de mourir 2348 fois. Minimum!

— Cette idée aussi d'enfermer un poisson dans un minuscule bocal de verre. Tu parles d'une vie plate! Les poissons, c'est fait pour vivre avec d'autres poissons. Dans un lac ou une rivière. Ou dans la mer. Ils ont besoin de toute une végétation sous-marine, de décors marins variés pour survivre.

— Maman... Dis oui! Achète un autre poisson rouge pour Zut.

— Ah! non! Il y a assez d'un prisonnier comme ça dans la maison. J'ai pas envie de faire une autre victime. Je ne me rendrai pas complice du sort que des inconscients font subir à ces pauvres petites bêtes.

— Mais maman...

— Ça sert à rien d'insister, Zoé. Quand Christine reviendra, tu lui expliqueras que Zut s'ennuie. C'est à elle de trouver une solution pour le distraire.

Profondément frustrée, Zoé cesse d'argumenter. D'un coup de tête, elle indique à Zazou de la suivre. Mais avant de quitter la cuisine, elle lance en direction de sa mère:

— T'es pas drôle! En plus d'être une mère granola, t'es écolo. Tu trouves pas que t'exagères un peu?

Sur ce, elle tourne les talons et disparaît en courant.

Quelques secondes plus tard, Zoé entre dans sa chambre en faisant claquer la porte. Au lieu de déposer le bocal sur son enclume, elle le place sur la tablette de la fenêtre.

— *Tiens! Il pleut plus, fait-elle remarquer à Zazou.*

Et, se penchant vers le petit poisson rouge, elle lui dit:

— Ici, Zut, ça va être moins ennuyant. Au moins, tu peux voir dehors. Regarde les deux oiseaux sur le rebord de fenêtre, à l'extérieur: ils se tiennent presque toujours là. Ils attendent qu'Igor sorte avec des biscuits au chocolat. Es-tu content de regarder dehors, Zut? Vas-tu encore mourir d'ennui?

Le pauvre petit poisson ne réagissant pas du tout à son nouveau décor, Zoé, découragée, ne sait plus quoi faire pour le désennuyer.

— *As-tu une idée, toi, Zazou? Une de tes idées zakmachintruc?*

— *Eee... Chante-lui une chanson... ou un air d'opéra peut-être?*

«Pas bête! pense Zoé. Pas bête du tout même!»

Sans plus attendre, elle saute dans son bric-à-brac à la recherche d'une cassette. Le problème, c'est qu'elle ne se rappelle plus où elle l'a mise. Après quelques minutes de fouilles intenses, elle met enfin la main dessus. En fait, elle met la main sur une antique tête de scaphandre dans laquelle se trouve sa fameuse cassette. Elle coiffe le casque de métal et s'empresse de mettre son magnétophone en marche. Quelques instants plus tard, de magnifiques chants de baleines envahissent la chambre.

— C'est beau, hein, Zut? demande Zoé, fière de sa trouvaille. Tu te sens mieux, là? Dis-moi que tu te sens mieux.

Mais Zut ne se sent pas mieux.

— Zut!... force-toi un peu. Meurs pas!

— *Ça lui prendrait un aquarium moins ennuyant,* dit Zazou.

— *Mais Zazou, maman veut rien savoir des aquariums. Tu la connais, elle a la tête dure comme mon casque de sca-*

*phandre. Impossible de lui faire changer
d'idée.*

— *Aimerais-tu ça, Zut, avoir un ami ?*
demande Zazou, le nez contre le bocal.
*Aimerais-tu mieux un petit poisson ou une
petite poissonne ? Un petit Zigzag, peut-
être ?*

— *Zigzag ? Tu as dit Zigzag ? Ah
waow ! Zazou, tu viens de me donner une
super idée.*

Et elle ajoute, les yeux pleins de défi :

— À nous deux, maman !

CHAPITRE 6

Une idée tournicotée

Zoé traverse la cuisine à toute vitesse. Au moment précis où elle allait sortir par la porte arrière, sa mère l'arrête pour lui demander où elle va.

— J'ai une autre urgence. Pis la pluie a cessé.

— Va pas trop loin, là. On va manger bientôt.

— Manger de la baleine péteuse? Jamais! Je regrette, mais je ne me rendrai pas complice du sort que des inconscients font subir à ces pauvres petites bêtes.

Sur ce, Zoé sort dehors. Sa mère pouffe de rire.

En route, Zoé discute avec Zazou de sa fameuse idée. Le nez en l'air, elle parle avec enthousiasme à son double qui vole à reculons, en avant d'elle. Les piétons qui croisent Zoé ont l'impression qu'elle parle aux nuages et la regardent d'un drôle d'air. Certains s'arrêtent même pour scruter le ciel. Ils cherchent à qui peut bien s'adresser la fillette. Mais seuls quelques oiseaux défilent sous les gros nuages chagrinés. «Pauvre petite! pensent-ils. Elle parle aux oiseaux.» Mais Zoé est si excitée qu'elle ne se rend même pas compte de l'effet bizarre qu'elle produit sur les gens.

Quelques minutes plus tard, Zoé entre dans la cour arrière de la quincaillerie de monsieur Plourde. Tandis que Zazou survole déjà la montagne de rebuts qui s'empilent au fond de la cour, Zoé entreprend seulement de l'escalader. Ce n'est pas une mince affaire que de grimper à travers les bouts de bois, les barres de métal, les barils, les retailles de tapis, et bien d'autres choses encore. Finalement, sans une seule égratignure, elle réussit à

atteindre le sommet où trône, dans toute sa splendeur, ce qu'elle est venue chercher : un long tube en plastique, parfaitement transparent, dont la grosseur est à peu près celle d'une patte d'éléphant.

— Super ! hein Zazou ? dit-elle, ravie. Crois-tu qu'il est assez long ?

Pour rassurer Zoé, Zazou se précipite sur le tube en l'empoignant par une extrémité. Le tube se soulève. Enfin... le DOUBLE du tube se soulève et s'envole dans les airs, tiré par Zazou. Quelques instants plus tard, du haut de sa montagne, Zoé contemple le double du tube qui s'allonge à travers toute la cour, en flottant à hauteur des genoux. « C'est parfait ! pense-t-elle, enchantée. Plus il est long, mieux c'est ! » Alors qu'elle s'apprête à tirer sur le vrai tube, elle entend une porte claquer. C'est monsieur Plourde qui sort de son magasin. De petite taille, rougeaud et rond comme un tonneau, il accourt vers elle en mâchouillant son éternel petit clou.

— ATTENTION ! Attention au tube, monsieur Plourde ! crie Zoé, oubliant que le marchand ne voit pas le double du tube et qu'il ne court pas de réel danger.

Mais monsieur Plourde, trop préoccupé par la crainte de voir Zoé dégringoler de son fragile perchoir, n'entend même pas les avertissements et continue de courir à sa rescousse. Devant une catastrophe imminente, Zoé dévale son échafaudage et s'élance en direction du marchand, bras devant, pour l'empêcher de trébucher sur le tube.

—*NON! NON! Arrête!* lance Zazou qui comprend ce qui se passe dans la tête de Zoé.

Distraite par Zazou, Zoé tourne la tête vers son double tout en continuant de courir.

—*ARRÊTE, ZOÉ!* crie Zazou, les deux mains sur la tête.

BOUM!

Trop tard! Zoé est entrée dans le petit homme, les deux bras enfoncés jusqu'aux coudes dans son ventre. Plié en deux, à bout de souffle et violet comme une aubergine, le rond quincaillier valse un moment sur ses courtes jambes.

— Le clou? Le clou? répète Zoé, terrifiée. Où il est le clou? L'avez-vous avalé? L'avez-vous avalé?

Sur le point de perdre l'équilibre, monsieur Plourde est incapable de lui répondre. Pour éviter de tomber, il tend la main vers le sol. Mais sans s'en rendre compte, sa main passe à travers le double du tube avant de se poser par terre. Zoé aperçoit alors le clou cure-dent, planté dans une fissure de l'asphalte, s'érigeant entre les doigts écartés du pauvre quincaillier. C'est seulement là que, soulagée d'avoir trouvé le clou, Zoé comprend l'erreur stupide qu'elle a commise.

Catastrophée au cube, elle se met à piétiner autour du marchand en se confondant en excuses. Bien que d'habitude très gentil et généreux envers elle, ce dernier la regarde maintenant d'un œil plutôt hostile... Malheureuse, Zoé ne cesse de s'excuser. Mais comment expliquer qu'elle a voulu l'empêcher de culbuter sur un tube invisible? Il la prendrait certainement pour une folle. Pire, encore, peut-être!

— Plourde, eee... j'veux dire, MON-SIEUR Plourde, j'ai, je...

Le marchand reprend enfin son souffle et parvient à se remettre sur pied.

— Je... c'est à cause de la crevasse... J'ai pris la crevasse dans l'asphalte pour un gros tube... vous comprenez? explique Zoé, sur un ton pas très convaincant.

Le quincaillier regarde alors la minuscule fissure, fine comme un fil. «Elle me prend pour un idiot!» pense-t-il en dévisageant Zoé d'un œil sévère. Mais devant l'embarras et les regrets sincères de la petite, il ramasse son clou et décide de laisser tomber l'affaire.

— Bon bon, ça va! L'important, c'est que tu n'aies pas fait exprès. Mais je sais qu'en ce moment, tu ne me dis pas toute la vérité. Hein, Zoé?

Troublée, Zoé lance un regard à Zazou qui se tient au-dessus du coco chauve de monsieur Plourde.

— Toi, pis tes histoires! ajoute finalement le quincaillier sur un ton mi-fâché, mi-amusé. T'as trop d'imagination. C'est ça, la vérité. Alors? Qu'est-ce que tu faisais grimpée sur le tas de matériaux? Tu veux quoi encore, aujourd'hui?

Rassurée, Zoé lui explique qu'elle a un urgent besoin du fameux tube en plastique transparent.

— Un besoin urgent? Pourquoi faire? demande-t-il.

— C'est pour un sauvetage de poisson rouge.

Monsieur Plourde éclate de rire.

Zoé ne sait trop si elle doit se réjouir des rires du quincaillier et consulte Zazou du coin de l'œil. Perplexe, son double ne sait pas quoi répondre. Au bout d'un moment, le petit homme se calme. Heureusement, cette rigolade a eu pour effet de remettre Zoé dans les bonnes grâces de monsieur Plourde, qui accepte finalement de lui donner le serpent en plastique.

— Après tout, je ne peux pas refuser de collaborer au sauvetage d'un poisson rouge, rétorque-t-il en essayant de garder son sérieux. Ça se fait pas !

Et sans plus attendre, il aide Zoé à retirer le tube du dangereux tas de matériaux.

Pour transporter le long tube, Zoé décide de l'enrouler autour de son corps. L'opération n'est pas facile, car il est plus lourd qu'elle ne s'y attendait. Mais, grâce à l'aide de monsieur Plourde, elle y parvient. Elle réussit même à se mettre en branle et quitter la cour du quincaillier. Dans la rue, les piétons s'arrêtent pour regarder passer l'étrange chose : d'une espèce de spirale tubulaire ondulant sur le trottoir s'échappent un bout de bras, une mèche de cheveux, un pied et un morceau de gilet.

Aveuglée par les rangs de tuyau, Zoé marche à tâtons sur le trottoir. Suant et soufflant sous sa charge, elle envie son double qui vole comme un papillon au-dessus d'elle. Mais Zazou n'abandonne pas Zoé et lui sert de guide.

—*Un peu plus à droite... Attention, mémé devant... c'est beau, continue... Stop! gros trou d'eau... c'est beau... chien à bâbord... on arrive. À gauche toute!*

Et c'est ainsi que, enrubannée dans sa spirale en plastique, Zoé fait son entrée dans la cuisine quelques minutes plus tard. À cause de la pluie diluvienne du matin, le tube est toujours mouillé et dégoutte abondamment sur le plancher. Zoé jette un rapide coup d'œil dans la pièce. Personne. La voie est libre. Sur la pointe des pieds, elle tente de regagner sa chambre.

— MAMANNNNNNNNN! hurle soudain Igor, terrifié.

Alertée par ce véritable cri de mort, la mère se rue vers la cuisine.

— ZOÉ! crie-t-elle à son tour.

Prise en flagrant délit, Zoé s'immobilise net. Zazou vient la rejoindre au milieu de la spirale. Joue contre joue, nos deux complices ferment les yeux en attendant que le ciel leur tombe sur la tête.

— Zoé! Mais qu'est-ce que c'est que ça encore?

— Eee... ben... c'est juste du plastique... c'est pour... pour Zut... c'est une...

une bouée. C'est ça, une bouée de sauvetage pour Zut.

— Une quoi?

— T'en fais pas, maman, je la laisserai pas traîner. Je l'apporte tout de suite dans ma chambre.

— Ah! non, là, c'est trop! Tu vas me sortir cette saleté de la maison immédiatement.

— Mais maman...

— Zoé! J'ai dit assez. Dis-moi, as-tu fait le ménage dans ta chambre? Non? Alors tu sais ce que ça veut dire. Si ç'a du bon sens! Ça dégoutte de partout sur mon beau plancher que je viens tout juste de laver!

— Mais je...

— J'ai dit dehors! Un point, c'est tout! Laisse ça sur la galerie, pour le moment. Tu le descendras après le dîner. On attendait après toi pour se mettre à table.

Igor montre la tête derrière la hanche de sa mère. Plus ou moins rassuré, il regarde Zoé tanguer jusqu'à la porte.

Une fois dehors, Zoé se dépouille de son tube en disputant. Une chance que Zazou est là pour l'aider à se vider le cœur et la réconforter. Aussi, lorsqu'elle retourne dans la cuisine, Zoé se sent mieux et d'attaque pour trouver un moyen d'introduire le tube dans sa chambre. Sans ça, il lui sera impossible de sauver Zut.

Elle s'assoit donc à la table, plongée dans ses pensées. En face d'elle, Igor l'observe en silence. Sa mère dépose devant eux une assiette de poisson et un bol d'épinards.

— Ouach! des épinards désolés de madame Ping! fait Igor.

C'est le seul légume qu'il déteste.

— EURK! De la baleine péteuse! renchérit Zoé.

Igor rigole. Sa mère revient avec un panier recouvert d'un linge.

— Et ça!? Vas-tu en manger? demande-t-elle à Zoé en retirant le tissu.

— Ah! WAOW! des frites!

Zazou, vient s'asseoir avec Zoé.

— *Pousse-toi un peu. Moi aussi, j'en veux.*

Se pourléchant les babines, Zazou attrape le double du panier de frites qu'elle s'apprête à dévorer en entier. Puis, empoignant le sel et le ketchup, elle en verse généreusement sous le nez de Zoé, brûlante de jalousie.

— *C'est pas juste!* marmonne Zoé en langue zazou. *Moi, je dois partager avec Igor et maman.*

Pendant ce temps-là, Igor remplit son assiette de frites. Avant qu'il ne vide le panier, Zoé le lui arrache des mains en protestant. Heureusement, il lui en reste une bonne portion qu'elle entame sur-le-champ.

— Elle est fine, ma mère, hein Zazou?

— Tu me parles, Zoé? demande sa mère.

— Eee... j'dis que t'es fine... des fois.

Ces paroles irritent Igor.

— C'est pas vrai, Zoé Thériault Petrov!
Moi, j'la trouve presque tout le temps
fine, maman. Pas juste des fois.

— Ah! laisse faire, Igor! Tu comprends
rien encore.

Cette fois, Igor est vraiment fâché.

— OUISSSE je comprends! J'comprends tout!

Il se tourne vers sa mère.

— Sais-tu, toi, maman, pourquoi il y a
toujours des vagues dans la mer?

Embarrassée par cette question, sa
mère lui répond que ce serait un peu trop
long et compliqué à expliquer.

— C'est pas long pis plonpiqué du tout
à répondre. C'est à cause des pets de
baleine. Tu vois, Zoé Thériault Petrov, que
j'ai tout compris.

Zoé et Zazou éclatent de rire au nez
d'Igor. Quant à sa mère, elle tente de
conserver son sérieux, histoire de ne pas
vexer davantage le petit.

Ses frites terminées, Zoé se lève aussitôt de table, prétextant que Zut ne peut plus attendre. Sa mère n'a même pas le temps de lui offrir du dessert (avocat et banane en purée), qu'elle est déjà sur la galerie.

Zoé enroule le tube en plastique autour d'elle et entreprend la descente de l'escalier en colimaçon. Une fois de plus, l'opération s'avère difficile car le tuyau s'accroche à tous les barreaux. De plus, Zoé ne voit presque rien devant elle. Heureusement que Zazou est là. Se laissant lentement glisser dans les airs, elle guide soigneusement Zoé dans sa périlleuse descente.

Zoé met enfin le pied dans la cour. Par bonheur, elle trouve son beau Félix encore assis sur sa chaise à deux pattes. En fait, tout au long de sa descente, elle espérait secrètement qu'il soit là. Ainsi enrubannée d'un tube en plastique, elle se dit que, cette fois, Félix va sûrement la remarquer, lui poser des questions, s'intéresser à elle peut-être. Mieux encore, il va peut-être l'aider à trouver une solution pour sauver Zut. Qui sait?

Mine de rien, Zoé se met à parader devant Félix. Mais, comme d'habitude, la tête cachée derrière son album, celui-ci ne se rend compte de rien. Zoé lui aurait crié des bêtises, qu'il ne l'aurait même pas entendue. Déçue, elle s'éloigne en soupirant.

Au même moment, Félix termine sa lecture. Il dépose l'album par terre et attrape le suivant sur la pile de bandes dessinées qui se dresse à côté de sa chaise. Au moment de l'ouvrir, il aperçoit une mystérieuse spirale qui ondule sur le gazon. Intrigué, il observe la drôle de chose. Lorsque, finalement, Zoé émerge de son cône tubulaire, il revient aussitôt à sa lecture, indifférent à sa voisine amoureuse.

Doublement déçue, Zoé a l'impression d'avoir manqué la chance de sa vie. Triste, elle regarde l'imperturbable Félix qui continue de se balancer sur les deux pattes de sa chaise, les yeux rivés sur son album.

— *Hé! Zoé?* lance Zazou derrière Félix. *Tu veux que je lui fasse des mamours?*

Amusée, Zoé lui fait signe que oui. Elle voit alors son double lui administrer un de ces gros becs bruyants, lui caresser les cheveux, l'entourer de ses bras et, pour finir, le serrer amoureusement, joue contre joue. Zoé est en pâmoison !

Igor sort sur la galerie. Du haut de l'escalier, il aperçoit Zoé plantée au milieu de la cour, éperdue d'admiration devant le beau Félix. Il clame à tue-tête :

— Zoé aime Félix ! Zoé aime Félix !

— CHUUUUUT ! Igor Thériault Petrov ! CHUUUUUT ! C'est pas vrai !

Tout en essayant de faire taire son petit frère, Zoé jette un coup d'œil à Félix. Heureusement, il n'a connaissance de rien, comme toujours.

Zoé explique alors à Igor qu'elle n'est pas amoureuse du tout.

— Je... je réfléchissais. Je réfléchissais à mon problème. Faut que je trouve un moyen de monter le tube dans ma chambre. Y a pas d'autre solution pour sauver Zut.

— Mais maman veut pas, Zoé, répond Igor.

Têtue comme une mule, Zoé ne démord pas de son objectif.

— Des fois, il faut désobéir aux parents parce que c'est juste après qu'ils peuvent se rendre compte qu'on avait raison. On appelle ça des désobéissances obligées. Comprends-tu?

— Non.

— Comment, non? Tu viens juste de dire à la table que tu comprenais tout.

— Ah! ooo... oui oui... je comprends!

Sur ce, Igor retourne à ses oiseaux et Zoé à sa réflexion. Avec Zazou, elle cherche désespérément une solution à son problème. Mais, contrairement à son habitude, les idées ne viennent pas et elle s'énerve.

— *Catastrophe au cube! J'trouve pas! Aide-moi donc un peu, Zazou.*

— *Aide-moi donc, aide-moi donc... Mais qu'est-ce que tu penses que je fais, là? Je cherche, moi aussi.*

— *Ben ! ça m'avance pas gros.*

— *Au moins, moi, j'essaie de t'aider. C'est pas comme ton borné de Félix pis ton oiseau de petit frère.*

Accablée, Zoé jette un coup d'œil furtif à Igor, toujours planté en haut de l'escalier. Les bras tendus vers les deux oiseaux perchés sur le rebord de la fenêtre de sa chambre, il les invite à venir manger des graines de biscuits dans ses mains.

— Ça y est ! s'exclame Zoé. J'ai une idée !

— *La fenêtre ?* dit Zazou qui lit dans les pensées de Zoé.

— C'est ça ! La fenêtre. J'ai juste à rentrer le tube en plastique par la fenêtre de ma chambre.

— *Génial, Zoé !*

— Génial peut-être, mais j'vais avoir besoin d'aide.

Zoé pourrait toujours demander un coup de main à Igor, mais c'est trop dangereux. Il ne comprend rien aux désobéissances obligées. Il irait tout bavasser à sa mère. D'ailleurs, vaudrait mieux l'éloigner de la maison durant l'opération.

— Igor?

Le petit se retourne en fourrant ses mains dans ses poches.

— J'ai rien dans mes mains, Zoé. Regarde! dit-il en les sortant, tous doigts écartés.

— As-tu vu, Igor, le bel oiseau qui vient de passer dans le ciel? Il avait toute la gorge rouge, pis des belles taches bleues sur les ailes.

Tout excité, Igor scrute le ciel, en vain.

— Je l'ai vu s'envoler vers le parc.

Zoé n'a même pas terminé sa phrase qu'Igor déboule déjà l'escalier à la poursuite du magnifique oiseau. En moins d'une, il disparaît dans la ruelle.

Zoé se tourne maintenant vers Félix. Cette fois, il ne lui échappera pas. Elle s'approche donc de la galerie.

— Félix?

Pas de réponse.

— Félix?...

Toujours pas de réponse.

— **FÉLIIIIIIIIIIIIIIIIX!** hurle-t-elle, à la fin.

Sans lever le nez de son livre, Félix lui répond comme sa mère:

— Mmm!

— J'ai besoin de toi, réplique Zoé, mi-contente, mi-déçue. Est-ce que tu pourrais m'aider à monter le tube dans ma chambre?

Le garçon daigne enfin lever la tête. L'air indifférent, il regarde d'abord le tube en plastique, et Zoé ensuite.

— Est-ce que c'est pour jouer un tour?

Zoé jette un coup d'œil complice à Zazou.

— Eee... oui. C'est ça. C'est pour jouer un bon tour.

— D'accord!

Zoé n'en revient pas. Enfin, il daigne la regarder! Enfin, il lui parle! Enfin, il accepte de faire quelque chose avec elle! C'est SA chance. Cette fois, pas question de la laisser passer.

Une fois ses instructions données, Zoé se précipite dans l'escalier en colimaçon. Pendant ce temps-là, Félix ramasse le tube et l'apporte près du mur. Au bout d'un moment, il voit apparaître la tête de Zoé à travers la fenêtre de sa chambre, au troisième étage. Elle lui lance une longue corde qui lui atterrit sur la tête. Fâché, il y attache l'extrémité du tube en bougonnant et retourne à sa chaise à deux pattes, aussitôt sa tâche exécutée.

Zoé, qui aurait bien voulu retenir Félix et l'inviter à monter dans sa chambre, est déçue. Comme elle n'a pas le temps d'aller le rejoindre, elle se met immédiatement à hisser le tube le long de la maison. Elle tire sur la corde de toutes ses forces. Elle n'a fait parcourir que la moitié du chemin à sa précieuse charge lorsqu'elle aperçoit Igor revenant du parc par la ruelle. Zoé doit faire plus vite encore. Zazou l'encourage à accélérer la cadence. Si bien que, au moment où Igor entre dans la cour, le tube disparaît dans sa chambre.

Soulagée, Zoé reprend son souffle un moment. Mais ce n'est pas tout. Une grosse besogne l'attend encore. Sans plus attendre, elle et Zazou plongent dans le bric-à-brac et en ressortent avec toutes sortes d'objets : un yo-yo, une photo de Zoé, d'Igor et de sa mère, des petits poissons autocollants, un châle, une bande dessinée, des petits cactus en pot, une fougère, un bateau, une lampe, des grands dessins à la gouache, un parapluie, une écharppe, un réveille-matin Mickey Mouse, un dragon marionnette, des lunettes, un miroir, etc. Nos deux complices rassemblent une panoplie d'articles qu'elles commenttent avec beaucoup d'enthousiasme.

Igor arrive en courant dans le corridor et se rue sur la porte. BOUM ! BOUM ! BOUM !

— J'ai pas trouvé l'oiseau rouge et bleu. T'es sûre que tu l'as vu ? Félix l'a pas vu, lui non plus. J'veux rentrer dans ta chambre. J'veux voir ce que tu fais.

— Ah non! t'es toujours après moi! Tu veux pas que je regarde la télé avec toi, ben moi aussi j'veux avoir la paix. J'suis en train de sauver Zut.

— Moi aussi, j'veux sauver Zut.

Agacée, Zoé lève les yeux au ciel, puis regarde Zazou et finit par se résigner.

— Bon, bon, d'accord! Mais si tu veux m'aider, va me chercher de la terre et des roches. Pis du gazon aussi. Pis des petits bouts de branches avec des feuilles. Apporte une boîte avec toi.

— Des feuilles de terre, avec des roches en gazon pis un petit bout de boîte. Je reviens tout de suite.

Les filles rient d'Igor qui comprend tout de travers. Mais, sans plus attendre, elles se remettent au travail au son des chants de baleines.

Ça y est. Il est temps de procéder à l'installation du tube en plastique. Zoé dépose un court segment sur le capot d'automobile, contourne le palmier, accroche un bout au séchoir à linge, passe devant le miroir et fait ainsi courir le tuyau sur toute sa longueur. Puis, elle exécute quelques voyages dans la salle de bains d'où elle rapporte des seaux d'eau. Igor revient avec sa boîte pleine à ras bords et entre sans frapper. Il découvre alors l'incroyable installation de Zoé.

Grâce à son tube, Zoé a réussi à fabriquer un formidable aquarium. Branché sur le hublot de la tête de scaphandre, le tuyau transparent serpente à travers tout le bric-à-brac de la chambre. Quant aux objets que Zoé et Zazou ont choisis, ils forment des décors variés et inattendus tout le long du tube.

Immobile, la bouche ouverte, Igor regarde l'invention de Zoé comme s'il venait d'apercevoir une soucoupe volante.

— Ça, Igor, c'est un aquarium zigzag! Génial, hein? Comme ça, Zut mourra pas d'ennui. Regarde, ici, dans la tête de scaphandre, c'est l'eau profonde. Zut peut plonger. Pis quand il veut aller se promener, il rentre dans le tube. Tu vois, ici, après le premier coude, j'ai mis ta photo. Là, il y a des cactus, pis plus loin j'ai mis une lampe. Comme ça, il peut se faire griller la bedaine au soleil. Pis ici, j'ai mis une écharpe autour du tube. Ça va réchauffer l'eau dans ce coin-là. C'est pour quand il a froid. Tu vois, le tube passe devant la fenêtre. Comme ça, Zut pourra regarder tes deux oiseaux qui se tiennent toujours sur la tablette. Pis ici, il y a une bouteille d'aspirines. C'est pour quand il aura mal au ventre. Mais j'ai pas encore fini. Avec la terre, j'vais faire une plage, pis fabriquer des montagnes. J'vais mettre des roches aussi, pis construire un parc avec le gazon, pis...

Pendant tout ce temps-là, la mère de Zoé commence à s'inquiéter. «C'est trop tranquille dans la maison, se dit-elle. D'habitude, les enfants ne restent pas silencieux aussi longtemps».

Elle s'amène donc dans le corridor. Près de la salle de bains, elle découvre, sur son plancher fraîchement lavé, une suite de flaques d'eau, parsemées de mottes de terre. Fâchée, elle décide de les suivre à la trace. Évidemment, les flaques la conduisent jusqu'à la chambre de Zoé.

Au moment même où Zoé s'apprête à transvaser Zut dans son nouvel aquarium, sa mère fait irruption.

— Zoé! dit-elle, en contenant sa colère.

Bocal en mains, Zoé crampe sur place. Doucement, elle se tourne vers sa mère. Craignant le pire, elle n'ose pas la regarder dans les yeux et fixe ses genoux. Silence. Silence encore. Zoé risque un œil vers le visage de sa mère. Elle la découvre alors pétrifiée dans le cadre de la porte, les yeux braqués sur son incroyable installation. Zoé tente de s'expliquer.

— Ben... eeee... ben, c'est pour Zut. Comme ça, il ne mourra pas d'ennui. C't'une super idée, hein, maman?

— Eee...

— Mais oui! Regarde! J'allais justement mettre Zut dans son nouvel aquarium.

Zoé transvase Zut dans la tête de scaphandre. L'heure est grave. C'est le moment de vérité. Sa fameuse invention va-t-elle fonctionner? Elle et Zazou retiennent leur souffle. Tout le monde observe la réaction du petit poisson.

Malheureusement, Zut se laisse couler au fond de l'eau comme dans son ancien bocal. Seules ses ouïes palpitent. Inquiétant! Très inquiétant même. Personne ne parle et les chants de baleines envahissent la chambre.

Au bout d'un moment, Zut donne un petit coup de nageoire. Puis un deuxième. Il remonte lentement. Peu à peu, il reprend vie. Après avoir effectué quelques plongeons, il nage jusqu'à l'entrée du tube vissé au hublot. Il hésite.

— Allez! s'exclame Zoé. Vas-y! Fonce!

Comme s'il avait entendu Zoé, Zut pénètre dans le tube. D'un vigoureux coup de sa petite queue, il s'aventure jusqu'au premier tournant qu'il franchit sans hésiter. À cet endroit, un grand dessin aux couleurs vives et parsemé de coquillages entoure le tube. Zut ralentit sa course pour regarder autour de lui. Il poursuit son chemin jusqu'au miroir où il semble prendre un énorme plaisir à contempler sa frimousse. Curieux de découvrir les autres paysages, il s'élance avec frénésie à travers les méandres de son nouvel aquarium.

— AH! WAOW! Ça marche! s'écrie Zoé.

Tout le monde applaudit de joie et de soulagement. Y compris la mère. Fière de son travail, Zoé se sent maintenant en bonne position pour refaire son importante demande.

— Tu vois maman, Zut n'est plus prisonnier d'un petit bocal plate. Regarde, il peut se promener partout. EH! Il s'est arrêté devant ta photo, maman. Ça, ça veut dire qu'il t'aime. Dis, est-ce que tu veux lui acheter un petit Zigzag maintenant?

— Un quoi? demande Igor.

— J'veux dire, un autre poisson rouge. Un ami pour Zut. Dis oui, maman! Il y a de la place pour au moins 1279 poissons, là-dedans. Dis oui, maman. Dis oui!

— Dis oui, maman! répète Igor.

— Un aquarium zigzag! Chère Zoé! Tu réussiras toujours à obtenir ce que tu veux, toi, hein?... Bon! D'accord! Tu as gagné encore une fois. Tu l'auras ton autre poisson. Mais pas 1279. UN poisson.

— Yééééé! Super! Entends-tu, Zut? Tu vas avoir de la compagnie.

Pendant qu'Igor fait découvrir à sa mère tous les décors qui parcourent l'aquarium zigzag, Zoé et Zazou se félicitent. Puis, le cœur gonflé de reconnaissance, Zoé déclare:

— *Une chance que je t'ai eue Zazou. Sans toi, je ne sais pas ce que j'aurais fait.*

Tout émue, Zazou lui répond:

— *Jt'aime, Zoé.*

Zoé rougit de la tête aux pieds.

— *Tu vois, c'est toi qui me fais zuter, maintenant.*

Zoé se rend alors compte qu'elle ne pourrait plus se séparer de son double.

— *Tu ne me quitteras jamais, hein, Zazou?* demande Zoé, inquiète.

— *Jamais! Foi de ZAKPITOUK-FIFÈSTAKOCHUMKIZOU! Allez, répète après moi, Zoé. Foi de...*

— *Foi de Zakfichum, eee... pitozou,eee... Zak... machintruc.*

Zazou pouffe de rire et Zoé éclate à son tour.

— Tu vois, maman? dit Igor. Zoé rit toute seule maintenant.

FIN!

Table des matières

Mot de l'auteure

Marie Cliche

Quand j'étais petite, j'entendais toujours parler dans ma tête et ça m'intriguait beaucoup. Quand je suis arrivée à l'école, la maîtresse m'a enseigné que tout le monde avait un ange gardien à ses côtés. Alors, pendant très longtemps, j'ai cru que c'était mon ange gardien qui me faisait la conversation. Un jour, on m'a expliqué que la petite voix n'était que la manifestation de ma pensée. Ce fut un coup très dur pour moi. J'avais l'impression d'avoir perdu quelqu'un de très cher. Mais, aujourd'hui, même si je sais que Zoé et Zazou ne sont que des personnages imaginaires, j'ai la chance de faire revivre à nouveau ma petite voix à travers elles.

Mot de l'illustratrice
Anne Villeneuve

Comme Zoé, je suis souvent mouillée de la tête aux pieds. Si ce n'est pas ma baignoire qui déborde c'est la mouffette du quartier qui déborde d'affection. Je suis même tombée toute habillée dans un lac, j'ai souvent l'impression de sortir tout droit d'une bande dessinée...

Mes crayons et mes effaces font souvent de la fumée. Assise, debout, couchée ou sur un canapé, je passe son temps à gribouiller. Mais, bientôt, mes crayons vont fumer pour une autre raison puisque je me suis mise à écrire. Vous ne trouvez pas que ça sent le chauffé ?

Dans la même collection

Desautels, D. Danièle
    Annabelle, où es-tu ?
    Mougalouk de nulle part

Desrosiers, Danièle
    Le pilote fou
    Au secours de Mougalouk

Foucher, Jacques
    Le zoo hanté

Högue, Sylvie et Internoscia, Gisèle
    Les mésaventures d'un magicien

Julien, Susanne
    Les mémoires d'une sorcière
    Le pion magique
    J'ai peur d'avoir peur

Lauzon, Vincent
    Le pays à l'envers
    Le pays du papier peint
    Bong ! Bong ! Bing ! Bing !
    Bouh le fantôme

Major, Henriette
    Les mémoires d'une bicyclette
    La planète des enfants

ACHEVÉ D'IMPRIMER
EN SEPTEMBRE 1994
SUR LES PRESSES DE
PAYETTE & SIMMS INC.
À SAINT-LAMBERT (Québec)